愛

的 迴響

霏霏 著

蘭臺出版社

光與愛

　　讀詩美妍，怡情養性，對我來說更是身心靈整合的法門之一。每一首詩背後隱藏的是深深的愛，每寫一首便能看進自己一分，看見自己原來有那麼多的愛亟待表達。

　　詩同樂音一般，是來自靈魂深處的語言，透過它可靜心，可探索內在聲音，感受美的質地與真理的呼喚，因此我將寫詩視成坐禪與靜觀。回想自己寫詩的歷程，通常沒有一定的主題，只是隨著內在的韻律，順著微微波動，起而舞弄文字，下筆的當下如有神助般，成詩在剎那間，每寫出一首詩，自己便十分感動，過後再回想，早已不復得。

　　愛如水流，順勢而為，清澈不沾染，因此，寫詩成了我與靈魂的一種對話，題材來自十方，情感具流通性，外在一切的發生已成了內觀的途徑，向外看等同向內看，有幾句話深刻影響我一生，高靈賽斯言：「我創造我個人的實相」「物質宇宙由意念所構成」，若真要了解外在一切，除非先了解自己；要了解自己，須從自己的起心動念觀起；另一個方法是向

外看，見呈現什麼，自己就是什麼，而這又決定於自己怎麼看待一切的想法。華嚴經上有言：「若人欲了知，三世一切佛，應觀法界性，一切唯心造。」當下心的感受帶來下一刻的面貌，在寫詩的當時須非常警覺，哀怨情愁的詩可寫，但須記得透過詩來轉化，否則又將創造下一刻的悲傷情境命運，這是我之所以說的「寫詩是靜心與內觀」。

　　幾年來的身心靈探索，讓自己感受到身心靈實為一體，經過基督洗禮，佛教皈依受戒，賽斯的通盤顛覆，如今是奧修門徒，自認自己就是蘇菲神秘家，在孤獨時能享受單獨韻味，靜靜地體會寧靜的況味，於當下擰出精隨，奧修大師曾說：「身體是看得見的靈魂，靈魂是看不見的身體。」悟道者所言皆相同，好好看顧自己的身體，傾聽身體的語言，好的思想有好的細胞，開心迎接周遭一切神奇，來者絕非他人，都是自己呀！

　　出書的本身是個圓滿，來自存在的聲音，由存在來寫序，遙請日月星辰、青山綠水共徜徉，這份愛能遍及每個角落，這是我很深的祈禱與感恩。

霏霏

Amanda

現有部落格：霏霏
網址：http://blog.udn.com/ying9932

目錄

春耕 雲夢

目 錄

目錄

夏影晴空 ✿

目　錄

秋天童話 ❀ 又輕揚

目 錄

冬 之 夢 囈

目 錄

神性的 微笑

目 錄

目 錄

春耕雲夢

一季春姿

靜邀月下風雲醉　綴上紫色纏綿

濃你戲水歡　忘情嫵媚鳳凰山

綠水叢林繞　依舊默然聲潺潺

與你悠悠踏莎行　閒看蜂繞花蝶戀

兩袖清風喜　隨心轉萬千

恁麼一個夢幻清露臥松間

共享一季春姿　舞浪漫

共啜清涼意　暗香繫兩端

一念間

娉婷起步　綠意花香

一方淨土　源頭故鄉

何來風動簾動　又何來心動

意識海裡　一念一波動

念念波濤　無有情終

既無開始也無結束　既無冬天也無夏天

神聖二分起於一念間

把○切開　變成一　一轉個彎　畫圓成○

無中生有　空生妙有　古老圖騰印記三生

剎那成永恒　愛樂傷悲現　漫過夢中足跡

淚水紛紛　似假又似真

只因入戲太真　不願看清

歡喜開始　必定快樂結果

認得佛心　成佛不得不然

願靜湖美麗清寂如昔

閒適唱吟　餘暉一抹旖旎

一念嘆奴嬌

月兒彎彎　似帆影掠過天邊角

疊印南天星塵　紫雲小道

遠處依稀曳著昏黃一條條

纖情金尾彷彿成了一根根小草

那是霜風吹去的一念嘆奴嬌

你拾得了嗎

古人道　柳韻只送平波落晚照

無窮無盡捲魂消

一闋鷓鴣天　翩飛逕向望海潮

沉思細細且細細

東風猶解杏花鬧春桃

大地詩章

平滑如絲綢　晚霞繡

斜暉脈脈　夜空悠悠

夜女神如斯瀟灑　一揮而就

繆思長長、迤邐詩千首

月兒醉笑　些些皺眉頭

星星怎被風兒一吹　就急急走呀！

這大地詩章不語　卻與我甚綢繆

宛如你給的詩箋　我收留

散著墨香　有你煨煮的詩句入喉

好似共乘翩翩一葉小舟

任風雨飄搖　詩意猶濃厚

空空如也　如也空空

微醺薄酒

幻似真

一溪風月　詩唱沁園春

任純真穿梭雲霧叢林

一路相思癡星星　吻別黃昏

似雙雙燕同棲同飛　喜愛無悔的靠近

可知

小蝦戲水　永不累的傳神

溪水甘願　長相依常相循

我也願如夢令　與你一起夢追雲

曾經的曾經

我們一起醒來　醒成朵朵粉紅

告訴大千世界　夢幻泡影

如露亦如電　似假亦似真

堅定的真愛　總能擁抱一縷溫情

心情記事

昨夜微風入夢

恍惚的自己似已昏睡半世紀的枝柯

今年的春訊孵出第一陣響雷

敲醒深情紫朦朧平素落寞

冷冷孤寂月　柳風吹雨淚滂沱

喧囂十字路口　依樣湧動塵世娑婆

一段三世緣中緣　白晝淡淡說

夜夢裡侃侃流成河

一季詩箋　花唇相託

縷縷幽思綴滿守候

涵詠歲月秋風靜默

花蕊總思念春天蝶戀翩翩過

月亮依然念舊十五娑婆訶

情人甘願風雨裡相濡以沫

不願生命得以跳脫

不願金花朵朵　只願佳人心印心相成就

心靈相會

冬之囈語流轉日月夢星辰

渾然間　又是相思滿園春

與你心靈相會　孕一季歡欣

我們的金色海洋　可以綿延一望無垠

有了你　也有了一顆翠綠跳躍的心

有了你　我感受世上至誠的溫情

一顆無邪的心　任風雨飄搖　依舊沉穩寧靜

大地一春雷後　草也鮮　花也香

你滾一身　我也沾一身

一起赤裸著腳丫子和著泥土相親

盈滿碧綠氣息　狂奔！

追呀！　跳呀！　跑呀！　叫呀！

加入了合唱的是唧唧蟲聲

潺潺伴啾啾　嫵媚夕陽嫣紅

輕輕柔柔的呢喃細語

滿溢著款款漾漾情深

片片相思

夜色輕柔朦朧　蕩漾如水

遙想遠方的你　思念又過了一個冬季

依舊拾起醇郁的酒杯　既舒暢又甘飴

我們同樣是易滿足在簡單的甜蜜裡

只是一首詩　就能酣然陶醉

飲你醉意　喝足神秘

怎麼時光剝離

也能氤氳著片片相思意

今晚月的柔美讓人更魂牽夢繫

我要將這柔光拵在心坎裡

偶來時空怠倦　無聲息

我可以拾起清瘦蘆笛

把想你　夢你　詩你　畫你……

偎著空無　醇醇吹起

合音

風兒細細吹

桃花綴語繫耳邊

難捨春花蝶相戀

芳塵去

誰與共度錦瑟華年

凝眸星光猶點點

我將遙遠深思念

墜紅點落西天邊

默禱你抬頭望一眼

一滴靚藍靛

瞬間你我合音

繞成纏綿曲線

有你風景一隅相伴

柔細枝蔓

不再寂寞孤單

好好的愛

那個少女不懷春　少男不鍾情？

小小年紀就熟稔雅趣風情

飄逸羅裙　婀娜繽紛

摩梭少女呀綺思倩影

誰人不愛不被迷昏

若能倒轉年輪

我可會選擇好好的愛　讓人疼

莫只會呆呆望霓虹　笑談古今

徒讓駝鈴聲　搖醒春夢

如是說

草木知情愁

靈妙舞松柏

癡笑狂風過

禪定學跳脫

生命一勺油

輪轉三世說

一樽酹江月

無裡乾坤挪

如詩小花

嗯！ 是抹了橙花香的印記

隱微地牽引著三世記憶

餘韻漫過好幾世紀呢

只為尋你！

我的心總隨著她 款擺片片飛

無來由地酷愛 愛她的溫柔與清麗

有茉莉心的甘美 有浪漫的玫瑰意

這如詩的小花呀！ 似夢地誕生在月光下

西風嫋嫋秋 咀嚼風華

飄清淚 訴說著秋天童話

相思夢長 情意款款又輕揚

只愛飛揚 飛揚到你身旁

洋溢著甜蜜蜜的清香

守你一方夢田

晚涼天靜　月光柔語猶在耳邊

恍若春意灑滿天　朦朧寒氣漸行漸遠

有你衷情流瀉　淡淡書香清洗一番

殘冬雖閃著不捨眷戀

仍星光點點　綴愛語在天邊

我又夢見　你那遙遠思念

我滿懷玫瑰愛戀　擁它入眠

還記得嗎？

你剪的那顆紅心

早已落入我心田　恁麼情深款款

我心豈能再是事可可

柳一帶　鶯慌亂亂穿

我想拾一枚春風醉花月　輕輕緩緩

同你翦一輩子柔情　盪漾你心灣

釀一罈甜蜜　守你一方夢田

似夢非夢

料峭天候多變　意興闌珊寒天冷

偶來煙雨漫山澗　若秋色蕭瑟楓迷濛

湖畔花草兒卻靈秀透玲瓏

輕奏神祕之歌　若飄逸乘夢舟

暮春初一無月皎潔　可點一盞鳶尾香橙

詩意留春令　惜愛柳絲嬌柔情

再以虹霓為絲線　初三彎月為鉤

風絮湛藍天　醉臥九九彤雲層

清風雨露正相逢

莫道美景太短太眩太匆匆

光幻流金汩汩掀動　似夢非夢

似真非真　迷惘千山外　有天外天

虛無天　非想天　非非想天

筆觸所及　百千萬億變

悲歡交織夜　濃郁思情現

如何能不掀起層層波瀾　寂寂過彼岸？

芋田寄情

芋田歸來　風迢遞　水迤邐

小草小花　葳蕤山澗泉溪

一路春光無邊際

海芋伴野櫻　叢叢漫依依

有誰賞得　一朝煙嵐清淨氣？

請看向溪橋　盈盈俏佳麗

碧海清波　搖天懷幽意

隱約山嵐裡　朦朧追蹤跡

山菅蘭飛翔醉飄逸

似神羽　悠悠墜落林間飄滿地

蝶兒翩翩飛　舞杜鵑間遊戲

我倆自來自去　多愜意！

無限風情點停！

輕雋如你

來赴約嗎

春雨綿綿季　料峭寒風天

是誰將青春種在彎彎小河邊

草地繽紛萬點點　瀰漫綺麗童年

最愛浪漫夕陽擠擠眼

前夜晚風捎來一封歡樂請柬

要我們續三世情緣

預約今年四月別樣天

你來赴約嗎

我們可以醉臥棕櫚樹下談心聊天

飲清風　喝足瓊漿

等待落照西斜　這碩大無朋的仙丹呀！

再邀請翩舞彩蝶　盈盈妝點

賦詩一絕　唱詞一闋

任風中花　雪中月

跳躍我們的桃花源

興致一來　嘿唷嘿唷亂亂編

東風有意

愛人兩顆心

似水波似漣漪　溶溶曳曳

偶成詩句

入夢也能留下痕跡

化成夜空中的燦爛不已

月兒知悉

熠熠繁星滿是我們的小秘密

漫天彩霞為你我裁衣

萬丈浪濤也來唱戲

你看

小桃枝醉婆娑　是為誰

可知

東風有意　細草也青翠

愛人呀！

無須言語

也能纏綿甜蜜蜜

玫瑰夜晚

玫瑰相伴的夜晚

月色特別皎潔明亮

朵朵玄隱神秘　瓣瓣清涼

託風說給你聽　我好生典藏

迷失的夢好似柳暗花明另一章

精挑細選的百合

招進滿室無亮光

流瀉天樂音

縹緲無塵上

你送來的乳白蜜糖

調和成無色馨香

我淺斟慢唱

這一杯歲月花茶香

滿懷溫柔

迴盪久久長長

花蝶入夢

鵝兒小憩湖邊　哦哦朵絮朵絮

此時正是落照映湖　些些杏花雨

料峭春寒仍涼　寒鴉聲也斷續

鶯聲燕舞漫飛　乘舟去吧

沿岸粉粉櫻花瓣　風徐徐

伴隨我倆的低聲細語

你親親　我也卿卿

一湖煙霧嫋嫋　也醉入萬點飛絮

斜暉脈脈　閒穿斜徑

欲沒入夜森林　與月笑語

今花蝶入夢

日月相依　松風一曲

又再與你朦朧裡相遇

你總愛問　雲哪裡去

我只能無心一句

殘柳參差舞　今何許？

怦然晴空

霏雨灰濛　載著幾許相思濃

夢中綠浪　蕩在料峭春風中

徹骨的寒　濕濕冷冷

多點了幾盞玫瑰燭燈

恁麼裊裊芬芳

浸濡了一襲春夢

深夜裡　有片刻的沉靜

這時遙想你溫柔歌聲

正搖曳著岸頭上的風

我想畫一幅童話星空

飄逸在你心坎裡的情濃

時光即是飛逝匆匆

浪漫

幸福

依舊怦然晴空

南國風情

吳哥窟之旅

南國風情熱如火

荷塘一回眸　相思透

紅的火蓮像泊舟

紫的如夢如漂泊

最愛隱隱層霄　白蓮一朵

宛若橫空瀰瀰水上　一　蘭舟

我貼上曉風　繡上雲一朵

有你為我遮陽　於上乘坐

深情款款　清唱浪漫之歌

詞一闋　款擺我心頭

詩一首　岸上恁峰翠　微微動水波

風采暗香　盈懷袖

最多時候　鴛鴦送秋波

君知否　翡翠也思珍偶

春雷一季響

向晚春仲石階上

一抹古照今斜陽

淡淡悠躺草心上

歲月雲彩　依然嶺頭傍

想當然耳　鳥還在飛翔

今年來遲的春雷一季響

萬紫千紅眉批自己如何的繽紛蕩漾

謝了花彩　還眷戀著雨露柔光

夜空星辰熠熠　透露出一股情愛力量

響徹雲霄　日夜世紀長

回首來時路　一片飛英迎風去

細細咀嚼嚶嚶泠泠蝶芬芳

靜寂　為夏姑娘拵一把清芬

鶯穿柳一帶　飛出晴空萬里江

春曉

山中春曉　一湖美麗

默然山頭　鴛鴦翡翠

煙霧裊裊　斜徑都迷

探風前　霏霏涼露衣

迢遞路回　燕隨歸

楊花點點漫依依

一片田野懷幽意

料峭春風吹淚

也可消一醉

朝來清氣　晚來雲霓低垂

有誰識？　梨花一枝

化育萬物心　有情天地

春韻氣息

春神為妳織衣裳

一襲能唱響的波光

宛若柔柔明月光

無論雨晴天

依然繽紛一縷清香

一抹清涼

蝶韻花唇上

暖暖光芒　朵朵綻放

我知道那是春韻氣息

玄隱著大地詩章

我聽見了輕聲細語

是風的傳說喔

美妙音聲來自繆思家鄉

朗朗晴空上　彩雲翩翩

是妳繫上的吧！

春韻梵唱

動情故事　醒了夜空清涼

從遠古隱隱傳來陣陣花香

沐心山澗泉水

泠泠清脆叩響

似摩訶池畔上

春韻梵唱

不自覺地浸淫流淌其上

與你曾經幻想流浪一章

盡情與你斜倚薄醉一晌

不管生命有多麼漫長

只想把清純種子

植在你心房上

有青鳥雀躍跳蕩

浪漫暢想

流連

水廳西面　畫簾垂

與露水築夢睡

釀一罈蜜意　竹葉青一杯

私語竊竊　芙蓉醉

一剪梅　愛滋味

再學歸鳥夕陽飛

一路風流迢遞　樹下吆喝旋飛

敞心懷　悠遊意識翰海

縹緲飛行無邊遠

披秦漢　瀝唐宋　明清是驛站

回顧三世記憶流水

古今一翻轉

千秋一瞬間

最真最愛　只是眼前

與你浸淫花中海　再三流連

相思跋涉

讀你一夜相思跋涉

從青枝到春泥落

栓不住淒風吹滂沱

永遇樂走調　浪淘沙滯西河

誰人無事

惹來青青湖上柳

慌蕩煙波

一曲寒聲碎

悲音空轉九漩渦

愁腸淪永晝　雲濃霧薄

直想再拵溫婉一抹

恁楓葉繾綣西風　如何

一泓潺潺日月暖流

流過回憶水清澈

纏綿你心魂　歌舞浪漫傳說

一曲絕唱　搜晚照　醉入蘇幕遮

美麗迴旋

有人說　思念裡會日行憔悴

我們卻要讓思念能青翠

露水一滴　情詩一首

星兒淚　也能醉

誰言

不堪孤眠滋味

愛繫上了金尾

是可以款款飛

身影雖兩端　你南我北

馳念韻律百轉千迴

心弦卻能知秋知春回

昨日夜雨敲窗

敲醒了我心中玫瑰

深夜美麗迴旋

就在你唇邊這一杯

重夢一回

芰荷映水　露水一滴

一樹梅香　幽遠氣息

這般形容你！

我在月光下款款讀你

讀你深情意

偏愛夢中詩的皎潔清輝

既古典　也不失現代

我們的人生彷彿已被洞穿

卻不失清純浪漫

見著深潭裡的花瓣嗎？

可有一段未了情緣呢！

與你重夢一回

浩浩秋水長天

盈盈悠悠春水

鎖住你的真愛

情掛藍天　繽紛依然

風情四月天

戀戀風塵四月天

染一絲絲飄逸彩雲間

嫋娜原野冬天　楓葉秋山

夏夜清涼枕水殿

百般綢繆就屬這一季鵲橋仙

無須七夕弄巧纖雲　佳期如夢岸水邊

柳絮飜飛再飜飛

飄到哪裡就可以想你到哪裡

恍若夢中　一曲相見歡

隨風沐晴　怦然一世紀

淡淡四月湛藍天

可以是前世一回眸

今世相思一朵朵

凝聚成一個甜甜的酒窩

一個微笑就是個輕輕撫摸

風輕雲淡天

風輕雲淡天　試問夜如何？

迢迢春歸處　相逢醉夢中

偶來一簾疏雨風

無離無恨　最朦朧

舉玉杯　幾番溫

斗杓東指　依稀鏗鏘聲

與你拉長耐寒冬青藤

縹緲踏山去　拖雲曳青楓

漫步穿向竹林幽幽小徑

花間住　陣陣溢香冷

輕笑你狂歌向晴空

拾我幾回暖　飛上我顏紅

料峭時節

驟雨初歇　料峭時節

今宵何處去？

星子猶點點

一一掛滿夜

靜寂餘韻

清風詩一絕

一縷相思

趕赴古今約

水歌聲

共飲瓊漿野

碧綠百花艷　春山伴曉月

濃郁芬芳溢　盈盈歡喜鵲

滿園紅綠透　私語唧竊竊

繽紛翩翩　濃濃醉彩蝶

水漾漾　夢鄉蘆荻　清平樂

彳亍依依

是誰無事種了一棵相思樹

總讓雲夢朵朵在因緣葉上停駐

日日夜夜　夜夜日日

愛在你經過的道上來回彳亍

唯願你能無心來碰觸

遠遠望你　來了又去

真願選擇做你風景的一隅

立於風中

固執地以湛藍身軀

與你一起分享春光與小雨

如那楊柳青青依偎念湖

共同搖曳

舞盡靈命之旋律

海芋

元宵海芋荷葉杯

一曲清歌伴人隨

孟春野櫻如梅落

紅綠相間喜上眉

神奇之旅

晨間氣息凝結

承載春夏之交的生死枯榮

在一次雨霏霏洗禮之下

風華終要面臨黃昏情景

玄鳥倏地東南飛行

猛然一悸動

驚覺迎迓而來的是蛻變與再生

儘管世紀腳印交疊層層

地球依然順著自己的韻律轉動身影

一串串新的分秒　開始穩穩跳動

一步步繼續踏出晶瑩

夏季就這麼悄悄來臨

又會是一季神奇之旅

可以瘋狂熱情

也可以編織夢的沉靜

如何揮灑　端看冷熱心境

追夢心思

人間四月天　初戀一般的旖旎

春風甦醒了追夢心思

西窗前仍停歇著去年假期

詩蕾還綴在濃霧枕邊

無意間　紅葉風情又被撩起

依稀記得我們的靈歌手記

有傷悲　有歡喜

詩興來時　題葉書情意

醉夢裡

娉婷買花　是少年玩意兒

如今買花依舊　墜落飄香

只是多一個心竅　春思如織

因你

彩虹吟

春去秋來　乘冬夏一葉舟

順著水流　流向生命源頭

紅橙黃綠　武陵少年遊

老成靜入藍靛　定風波

紫衣人　且惜餘春慢慢磨

水到渠成　悠悠過秦樓

有請夢中仙　授予五色筆墨

下筆如有神助　夜半樂

與妳共看星稀望明河

盈笑彩虹　舞花落

情緣

靜夜思　蒹葭白露　水月光

廣袤銀河淡淡　迢迢瑣寒窗

遐思淨潔一片　凝眸天一方

尋覓一生　摩訶池畔上　空迴盪

千萬個朝暮　恍若燈河影像

回憶舊日漫步夕陽下

挽手走過落花小徑上

愛戀情緣澄藍藍　滿溢繽紛彩夢想

三千夢轉　陡然一瞥

記憶流水　匯入意識海洋

只聞瘦弱小詩　煙霧裡蒼茫

風霖鈴　雨霖鈴　今昔卻響叮噹

依稀童謠一支曲　藏匿草垛旁

你流連神話傳說　我愛煞密密縫製燈籠小彩裝

所愛各不同　滿園李花竟是玫瑰香

情醉

情醉與你看斜陽

另一次秋天童話又輕揚

蝶戀花　今夜沉醉流淌

情愫縹緲遐思

春盪漾

詩意翩翩

斑斕我心窗

我要將迎風的帆

輕盈在你晨曦清唱

子夜藍帷幕

有我陪你歌詩章

每日每夜　星空閃亮亮

夢蝶翩翩　舞動七弦陽光

情飄飄

情飄飄

雨瀟瀟

水風清

綠水繞

纖雲來弄巧

海闊山遙月

柳絮翻風笑

垂簾櫳　玉鉤跳

輕雷響過湖邊草

綠油油　花海繞

佳人踏沙

蹓過彎彎橋

晨昏浪漫春

清歌一曲　拂過落梅山谷

蕩漾鳶尾花上

一片片紫迷離　雲藍夢幻處處

搖曳清涼　喜淚成露珠

蝴蝶頡頏溜東風　眷戀花圃

成了一朵朵花魂

晨昏浪漫春

韻一季相思夢

一叢叢靚綠枝葉扶疏

墜入柳風飄邈煙霧

怎不讓秋冬好生羨慕

尋了一帶鳥鳴聲

與你踏著餘暉漸漸的碎影子

默默小道裡走過

夜朦朧依稀低語淡淡入

清涼意

雲霓化成一溪清澈

靜靜流淌你心底

即使再次落入迷霧

百經整合蛻變的妳

依稀可見已可自如來去

是吧！ 醺醺醉的恣意

時空似乎又融入記憶流水

不同的是

深鎖的心繫　洗滌了又洗滌

想必現在的妳　已是光華亮麗

寂寞朝朝暮暮　早已遠離

月露淨　水風清　清涼意

深情葳蕤

翠葉藏鶯　小徑紅千橋

憑欄遠眺　目送斜陽照

水風清　芳郊香繚繞

春意鬧　綠柳條

紫藤花　眷葉梢

黃昏吹寒　念奴嬌

湖心蕩冷月　無聲靜悄悄

水波橫　眉峰聚

深情葳蕤　難賦植夢好

逢春的心

寒食節前後　雨打白晝寂寥

冷風吹落沐春老　竹影搖曳浮水飄

漫野花草　依然芳菲顫嫋

捨不得拂去池萍味道

我打從柳絮的飄泊走過

恍見妳婀娜橋上　嫣然一笑

從此我逢春的心　多了一個竅

希望的蓓蕾　已然深藏奴嬌

我把這座橋取名為窈窕

靜靜等待黃昏時刻　新月上樹梢

流水醉月　酡顏美瓊瑤

我依依　眷戀情難了

若蝶戀花　東風舞杏桃

喜相逢

一地紫色浪漫　花勝去年紅

迷迭馨氣　香過醉朦朧

一杯青竹葉

邀約正春風　共從容

與你喜相逢　垂楊東

無限風情　綠醒萬花叢

你說　脈脈雲霓同誰過寒冬

或說　如夢令　踏莎行

隱隱兩三雲樹　頻回首

一念轉三千　蝶舞雙飛魂夢中

單純

下弦月下　依依楊柳湖畔草

風襲成浪　流光夢雨持續燃燒

你歌聲我舞影　詩賦詞曲來相報

寧靜況味裡　望見澄澈無煩惱

你說鳳凰山上　松鼠來回穿梭林間跑

追夢築愛　來去自由好奇妙

從不擔心誰會來侵擾

我說我這兒青青一帶　山環水繞

四周靜悄悄　春夏一片好

有蜂蝶頡頏　有鳥鳴啾啾叫

落霞明　明月來相照

難見花木起波濤

可知

這就是生活中單純的至寶

植雲擷夢

東風引　雨霖鈴

柳絮颺風　飛濛濛

一路芳葉　襯嫣紅

詩意一闋　風中景

難耐這料峭寒風

徒令相思濃又濃

想你　玉蓮鉤　窺畫棟

竹影晨曦映簾櫳

待月華　清涼升

託平野　渡江星

西窗話別情

植雲擷夢

鑾鏡巧弄

翔飛

眼前盡是一整片湛藍深海

我也想飛翔如鷹　任意捕捉雲彩

夢中的自己　是可以如此瀟灑彩繪

摘星星　小酌月光流水

再與彩蝶翩翩飛

心想　物我兩忘　能如何纏綿

晨曦時

等著金粉推霧散

等著溪流鳴潺潺

也等著蜻蜓點水又輕彈

林裡林外

就屬山頭默然　睡得正酣

鶯聲燕語也來亂瀰漫

菩提薩埵

每個靈魂都是自性光明體

你中有我　我中有你

光慧境上交會　一點靈犀

芸芸眾生　八萬四千根器

個個蘊含生命波蘿蜜

只是讀破萬卷書　忘了回來讀自己

如今學不得放下　只好學布袋老僧提得起

夢裡說　南方國度妙蓮一朵

諦聽無量光吹法螺

有一個好古好古的傳說

成住壞空　空生妙有

一切音聲　一切沙婆喝演婆娑

一念一彌陀　念念彌陀彌陀

彌陀真讓頑時點點頭

一花一雲朵　朵朵嫋娜

妙蓮朵朵　朵朵菩提薩埵

訴情衷

綠色雲夢　告別秋聲

驀然吹醒黃葉楊柳風

一年春好處　莫過望月好事近融通

不在濃芳豔寒冬

亦不在燭影搖紅

可知去年你拋的訴情衷

今年湖心仍暗暗紅

深潭眸裡　癡醉猶一曲未終

渴求有一個新構思　雖荒謬

只想尋你熾熱熱意境

等待夏烈火　明送行

莫任相思跋山涉水

憨醉笑　狂飲女兒紅

閒情適性

須彌山巔接青靄

雲氣氤氳漫過海

問君何事惹塵埃

寂寂尋芳竟何待

春花秋月濃濃愛

松風閒定吹解帶

雲鬢白頭

見你窗沿佇立　若有所思

舊事如流水　何須憶及提起

萬個心思　如何輕輕拋向冬季

君不見　春雷響　落雨親大地

盈滿蟲聲唧唧　碧綠氣息

霜雪後的小草　也蕩起一身飄逸

山邊梅豆花開　宛若摺蝶衣

怎麼嫵娜斜陽裡

美極了！

宛若你的深情蜜意

與你共天涯

輕踏舊跡

雲鬢白頭

夢裡夢外相隨相依偎

亂編

某年某月某一天　說巧不巧

牽牛花碰上礁岩

一個說湖橋相戀

一個說石榴繞秋千

相同的是

夢中一起過童年

一個持著手記悲歡

一個畫滿燈色流轉

雨夜裡

一起聽風掰傳說

新石頭記上

又多了一篇

無厘頭

亂編

溫情

虛無子夜　靜等夕陽偎晚風

少了一段月光下紫朦朧

少了一葉初醒春閨夢

任一陣清涼吹去滿片彩雲彤

微笑的星

走失了你身影

晨霧裡

墜落成一朵小藍鐘

一滴靚藍

鬱成喑啞小銅鈴

癡癡望雲霓

只能無語問蒼穹

遙請遠古淨風

把凝結的雲朵

吹成溫情

飄向有你的天空

落款心卷軸

小小年紀　情夢很中國

愛看古裝祝英台　綢繆梁山伯

也愛神鵰俠侶金庸小説

眷戀迷情　斜暉脈脈

無人比得上癡情郎　憨楊過

款款情深無厘頭

不准夕陽落向山後頭

還學草上飛　微步凌波

任潮汐搖曳一葉輕舟

楊柳咽秦娥

載滿彩霞雲彤　一朵又一朵

穹蒼下　靠岸繾綣停泊

細細描繪　歲月斑斑駁駁

輕輕一揮就

筆筆落款心卷軸

詩情畫意

月滿時分　想你的心依舊

五彩繽紛浪漫春嫋娜

田畦上處處情添衣袖

夢裡浮記波斯菊　搖曳初開情竇

寸寸柔腸　風中斂秋波

盈盈粉淚　宛若杏花零落

靜謐一席　偶爾煙霧裊裊心上秋

漣漪絲絲　波動去年五月李熟

那是我們迷夢中詩情畫意的時候

如癡如醉　臥躺山後頭

望天空　湛藍寫意划蘭舟

心潮隨日落　意識逍遙天際遊

夢中筆墨

走在夢中漸瘦的小路上

耐人尋味的古道夕陽

一抹餘暉　落款蝶語詩行

順著筆尖　蘸一點綠野遊蕩

四月的庭院　怎麼長滿紫丁香

是熟透的相思　你的珍藏

青春故事叩響每個角落

溫柔的一端

幽藍的深闊

你似遠洋萬蘆的船舵

揚帆載我

航向阿彌陀佛

心靈國度的源頭

夢佳期

碎影舞斜陽　料峭春風細細

枕小窗　送你一幅靈秀神秘

一分流水　三分春色　想你

柔情一世紀　夢隨風情十萬里

夜月一簾幽夢　醉在你懷裡

每個今天是風景　是畫　是迷人的四季

每個明天是歌　是旋律

卻比不過你的多情意

我們情緣天空

苦酒也能飲出生命亮麗

有誰知

天邊最亮的那顆星　愛的亙古印記

凝眸思伊人

不愁無寐

唯夢佳期

夢寐瓊瑤

春水流淌　淌過水中月柳樹梢

我溫柔打撈　時刻變幻拂水飄

吟唱一曲念奴嬌　將妳輕輕垂釣

今日夜空夢寐瓊瑤

我將踏水月　駕清風

輕悄悄　蓊一隅風景纏綿曲繞

漫過妳窗前　種一株相思幼苗

靜靜等妳！

宛若鵰鴣望海潮……

一起守星夜　盡酒一瓢

與妳詩意流水小橋

蒹葭秋水長天　芳菲窈窕

縱使慘綠愁紅濃濃　莫把韶光拋

夢鄉芬芳

風從遠古吹來湖邊落花

夢雲朵朵翩翩陽光下

直心春耕嗯……吶向Hanna

餘韻滿腔　蜂蝶逕來笑納

更深情鐘響在始末

敲在當下這一剎那

美麗的相遇會在哪兒？

你說呢！

圓一個美好心願

夢鄉芬芳如何撒

每當西風飄蕩　雨絲墜落

不又激起驚叫一水花？

這水花的迆邐　或説蜿蜒吧！

是否要加上密碼？

摟著秋楓冬藏

披上春衣裳　與你拉著陽光

隨雲霓　行在愛的路上

任一肩長髮飄香

拓印著薰衣草與玫瑰芬芳

你我相思裡有一種唯美清唱

有屬於自己音符的翅膀

柳條細細吹走了寒天行囊

我們可以展翅飛　飛越歲月滄桑

滿懷神奇夢想　拚一些青春漾漾

深夜裡　有繁星熠熠飛翔

白晝裡　有溫煦柔光亮

真愛是無量光

可以漫漫深情一世紀長

情深浪漫　似七夕凝望

怎麼春夏葳蕤　摟著秋楓冬藏

何其悠揚　美如風後絮綠楊

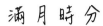

滿月時分

　　滿月時分，寧靜月光下的言語，用豪氣來沃壯自己的性靈，灼灼醒目，此時靜海可以擁抱所有的過去，深植心靈的深度與廣度，也清澈地望見未來的精微處，走過荒唐歲月更懂得須用溫柔善待自己的生命，深耕一畝心田，讓生命的能量回到中庸狀態，隨順自然，放慢腳步，與內在取得聯繫，享受當下這一片刻的甜蜜，因為此時是經過漫長旅程後所達到的高點。

　　生命會有完成的一天，開始與結束終要相遇畫個圓，每個靈魂都有獨特的使命要去展現，沒有誰比較好或比較不好，沒有人有資格去批判任何一個靈魂，因為每一個靈魂都是神聖圓滿的，批判別人等於批判了自己，批判自己也等於譴責了靈魂。

　　唯有醒在覺察裡，才能跨入更高的精神層次，也唯有接納整個存在，讓自己就是存在，是光、是愛的本身，和諧的生命將引領自己回到生命源頭處，一切安然自得。

輕吟淺唱

每一片樹葉都可以為時間做見證

沉默不語

墜落的聲音……

旦為行雲

暮為行雨

黯黯夢雲

可以是春天

也可以是秋天

可以是火的夢想

也可以是水的性格

酒意濃濃

總能釀發出

輕吟淺唱……

遠古的鐘

有一個遠古的鐘被敲響

桃花依然舞春風入夢鄉

原野上有古文明彩光晃漾

男子癡癡地揉星星　女子躺著月亮

霎時　大地一聲雷　閃光相撞

冬春百花同綻放　夏風牽手秋水姑娘

輕輕吹走一池憂傷　晨曦也來照亮

此時　紅蓮湖上端坐如佛 是誰來蕩漾呢

喔！　原來是阿夏女神乘著火輪子來迎迓

溫婉清樂　展翅而飛颺

我汲一滴月下露珠兒微光

請花仙子放在窗臺上

看見了嗎？　南國姑娘的俏模樣

映著：

我的新娘！

同我到草山上　坐看雲霓如何彩妝

嬋娟春風夜

熾熱情懷　月圓時節

一生繫一生纏綿

湧動陰晴笑臥圓缺

夜如斯美　誰人能拒絕

雲霓嬋娟春風夜

夢中情人飄香細細

翩飛今古綠浪

總漫過伊人眸裡田野

只願晨鐘不要驚醒

濃濃南柯醉夢蝶

暮春湖景

暮春江邊日晚

紅了霏煙柳絲條

湖畔依依　最惹人魂銷

搖曳蕩春波

輕歌一曲　靈秀繚繞

羨煞草木自得

無須擔憂　何人來攪擾

我放慢了腳步也輕巧巧

你是知道的！

湖中澄澈靜謐

若月明花好

潺潺愛意

橙花一滴　玫瑰一滴　茉莉一滴

一滴過去世　一滴現在世　一滴未來世

滴滴都是鐘愛的一生一世

願君心似我心　定不負相思意

不再空回首　任煙靄紛紛　望向天西

風來　沒有嘆息

有的只會是吹醒一片生機

雪來　沒有憔悴

有的只會是芳香亮麗

蝴蝶　光波上頡頏　為你舞飄逸

星月　旅途上照亮　為你光華滿溢

我們撥弄心弦　醉餘暉

與你酣飲賦詩　共酒杯

一輪西斜月　知曉箇中秘密

有演不盡的潺潺愛意

醉成晶瑩

凝一滴星光　將縷縷情思埋藏心底

廣袤天地裡　有我們生命解碼的秘密

吆喝著瑤琴薰風　彩繪雪的心靈天空

吹進裊裊馨香　溫潤春意情濃

纖一襲瑰麗　留一片癡情

在一個閒閒午后　磨一杯醇郁朦朧

慢條斯理的恬靜　縹緲一隅風景

若有柳風細細吹　吹來滴答滴答雨聲

那就串起浪漫的好心情　縈繫著絢麗彩虹

掛在宋詞裡　醉成晶瑩

憶相逢

霞落一方醉顏紅

憶相逢　三生夢魂與君同

望天空一隅風景

天高銀河遠　一枚葉飄行

竟醉臥成你的身影

細細品味　歲月如梭變動

星月故事寫下有情見證

往事一頁頁飜風飛

偶然裡　飄下時空迂迴之氣

動中求定　入三昧

也能理出一份靜謐

聞東風第一枝

繚繞耳際　沁入心脾

深深讀你夢幻歷程深邃

有一份靈犀如秋霽

宛若曼陀羅　天飄香　諦聽月下笛

濃濃一盅情

斜陽湖裡　睡意朦朧

暮色儼然燒盡黃昏

彎月款款閒步掛簾櫳

嘴角輕揚　如夢御風行

飛渡夜空

撒了一地風情

滿星空　細語呢喃聲

我採擷了一盅

釀成濃濃前世今生情

與你舞姿醉芙蓉　竹葉青

眸裡繽紛

霧了寧靜

我知道箇中小祕密

晨曦一萼紅

鮮麗滾動

亮晶瑩

優雅轉身後

親！　與你擁抱宇宙溫柔

為靈性之舞落款春秋

多情萬緒　迷離且忡忡

幾萬個日日夜夜　晃蕩晃蕩守候

一千零一個朝暮總會走到盡頭

親！　我與你手牽手　阿夏女神就在咱們左右

來！　隨我兜風去　舀一瓢月光給的深情回眸

任一陣陣微風吹拂　靜靜地飲盡百般承受

靜默祈禱　優雅轉身後

記憶流水的梨花淚終要下酒

滋味甜蜜濃濃　已在未來癡癡等候

鍾愛一生

清淺小溪如絲練

花明柳暗春已深

又是迷霧霏霏朦朧天

美麗的無語繡在雲端

宛若沒有舵的一艘船

我捻一些些紫羅蘭

摻上縷縷橙香一盞

用心的潔白　揚起輕帆

航向寸寸柔腸小重山

有我為你瀟灑落款

你為我娟秀畫秋千

何來愜意　彤霞滿天

只夢中一次回眸深深見

鍾愛一生　為你針線織春衫

朦朧追憶

神秘玫瑰二十一　灼灼醒在雲夢年華

瑰麗融化你我　衝擊淹沒千載滾滾欲爆發

紅塵因緣起起落落　瀰漫青春曉煙嵐

終留下暮靄歸隱夜夜河岸邊

漁火點點　履痕斑斑

飲盡世紀風雨露霜寒

仍堅定守住陽光煦燦爛

一年盪過一年　冬去春回暖

記憶猶新迷漾泛童年　最喜愛頭不頂天

腳不著地　晃蕩來回吟鞦韆

以仰上之姿　欲飛向湛藍遠

癡笑你　總為我捏一把冷汗

時過境遷　今一季冬雪寒

色相變化百千萬端

夢似乎迷失在角落灰暗

欲尋雲梯而上　能找到出口港灣

你會來嗎？

親愛的

你會來接引我嗎？

依稀記得跟在路後面的誓言

入了山林又出了山林

一重又一重朦朧山

回首來時路

暖暖風景愈走愈遙遠

織 情 緣

　　柳絮紛飛　鷓鴣拜訪四月天

　　走過春邊界　湛藍遠

　　每一片樹葉刻裎著一季誓言

　　從青枝到泥落　綴詩千萬篇

　　雲霓含情脈脈　忽遠忽近我窗前

　　我凝目而視　也情意翩翩

　　不是它的巧盼生姿　是我的款款見

　　看見一季春　處處織情緣

　　寫滿你的輕揚　我的情牽

灑芬芳

人生如夢暗飄香　夢如人生滿庭芳

隨風隨雲任徜徉　瀟灑一遭莫徬徨

豆燈如星苦滄桑　儘管坎坷久又長

憂傷走盡始清涼　陰霾撥開見陽光

年華似水情蕩漾　涼夜如海靜月光

千年暗室一燈亮　光明燦爛灑芬芳

靈犀相通

天方夜譚美在每一夢夜

萬古神話傳說疏影千秋月

星子寂寥　銀河靜謐　皆可畫圓缺

芸芸眾生　浩瀚縹緲時空　恍若輕舟一小葉

你我八萬四千歲月　相遇聊寄太虛醉夢蝶

是何等情緣呀飄逸若神仙　你詩一絕

我詞一闋可否無心無塵

優雅如來如去三千大千世界

小千　一花一天堂　一沙一世界

中千　自性千瓣蓮花　意識可秋霜轉冬雪

大千　太上涵虛天外天　大宇宙無盡無量劫

多少世紀　多少詩人

多少許願片片飛落晃蕩如風如雪

大方廣佛華嚴一念一世界

一切唯心造　願願真切

念念紅橙黃綠藍靛紫　合成身心靈彩光學

美美靈魂如你　你中有我　我中有你

靈犀相通意識界

菩提夜‧菩提夜‧菩馱夜‧菩馱夜‧彌帝唎夜

結束與開始相遇畫圓　摩訶般若波羅蜜多

娑婆訶信願行　九品蓮花化生

願你我花再開五葉

靈魂印記

靈魂印記裡

互相吸引的影響超乎擎天力量

靈魂伴侶間以一種很深的、

富有磁力的能量牽引著彼此，

也豐富了各自生命。

在很深的源頭裡　他們是一

為了更瞭解他們的不可分

因此有了這類傳說

說穿了就是渴望找到

能與自己整合的靈魂

真愛是唯一

任外在幻象多精彩、多堂皇

未尋找到的靈魂會一直在不安中

一個幻象接著一個幻象

一世又過一世

如此輪迴百千萬億年

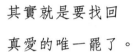

其實就是要找回

真愛的唯一罷了。

在真誠的愛裡

每一件事似乎都變得恰恰好

無須任何的努力

雙方無由的願意為對方盡力

他們之間有一股自然的吸引力

讓彼此能得到互補

交流中　合乎了宇宙陰陽法則的表達

如此的能量流動會創造出自然的高潮

可化平凡為神奇

但它常不是那麼理性或實際

它存在於敞開心分享生命芬芳中

也存在於對生命圓滿的信任

簡單而深厚

愛的迴響

夏 影晴空

閒

初三玲瓏月　眉掛天邊

觀雲　望塵寰

我如往昔　坐息河岸邊

無一事可做　也無須做

諦聽寧靜音　就只是一個「閒」

沒有時間　沒有空間

景物清純　很柔軟

一切無界限　彷彿被催眠

夢一般　存在將接受性倒入我心田

沒有波動漣漪　沒有人是一座孤島

此時有一份狂喜　我與存在同乘一條船

進入宇宙靈魂　醉入神性自然

與海洋相會　融合為一

旅程很平凡　很簡單

一朵靈秀

呼喚季節的風

於蝶夢中拂過花朵競姿

我摘了一朵靈秀

為你繫上紫色叮鈴

繡上纏綿曲線　繞著甜蜜音符

譜出幽幽私語聲

還記得

請雲朵遮陽　請星星點燈嗎

昨夜我獨望　曾經走過的涼涼小徑

凌晨時分

下弦月悠悠過菩提

巧遇碰撞後的流星

閃過天際的當時

留下一個瞬間的永恆

我趕緊許個願給你

翻騰的心　沒有迷離　只有完整

一江柔情

是誰多情

穿著溫柔外衣

甜蜜地撒了一世紀種子

喚醒了春風

綠芽裡飄起笑語燕聲

明媚了迷濛

純潔了心靈

我遙請日月星辰

酬和恁麼情深意濃

再請藍天白雲

青山綠水淙淙

共饗神奇花蜜一盅

萬籟俱寂的深夜

繞不完的是

千年蔓藤

聽不膩的是

古寺晨鐘

我可要用盡一江柔情

佛的物語娉婷湛藍天空

化純白水珠為紫金雲

在梵音裊裊中

初夏梔子花為你唱出情深

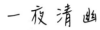

一夜清幽

曉霧瀰漫　山睡得正酣

昨晚雲月是一夜清幽纏綿吧

星空也為他們湧動著溫馨浪漫呢！

在南方的你

也和我一樣深邃山林蜿蜒嗎

一彎碧水　熟稔叢林裊裊風炊煙

月兒癡戀心　透視星星深思念

雨露瑩珠淚　凝一季繾綣奉獻

正如你我的相遇相知　織情意內在家園

共享生命芬芳　與存在的美善

若沒有千年緣　何來如此情萬千

一襲浪漫

荷月清風花窗前

流雲夢幻藏歡顏

夜涼如水驟雨後

一片冰心沁靈山

曾經的我們

詩裡來回春蒭

蒭一襲浪漫

若蝶兒翩然

喜愛回憶縹緲漠漠晨煙

風裡有你淡淡愁緒兩椿

綿綿情意流轉三千

鳶尾隨風恁飜浪

釀情繫雲端　揉成湖上煙嵐

我是那彩霞

歡喜繽紛來落款

小 翡 翠

滿園凝香沸騰

鶯燕謝春閨

轉瞬間

桃風梨淚寥寥枯且萎

紛沓前來夏烈燄

情寄一樹癡醉美

五月玫瑰李子味

依稀是曾經夢寐

你披起迷濛隨意來採

採去萬縷相思青翠

薰風玲瓏一吹

落下夢一般心墜子

鏗鏘點點

我滿滿急收起

月姑娘說

初戀旖旎一季又一季

不曾褪去的是

春華秋實

冬雪凝夏汪水一碧

願我仍是藏你心房

一顆晶瑩小翡翠

火車南北飛

路迤邐在前　慢慢步遠

我尾隨在後　足跡深深淺淺

月光柔語朦朧西天

你的呢喃猶在我耳邊

坐上火車　南北遐想飛藍天

入了山林　又出了山林

有許多許多的人被載著走遠

有許多許多的景飛如雙雙燕

我這兒是春是冬的諦聽

到你那兒是秋是夏的澄靜

我這兒的浪花一朵朵　搖曳月海中

你那兒的浪花似漂泊　心事得說給風來聽

火車北南奔飛　飛出感情的曾經

無聲裡不留一個影

僅有的擁抱　是風水中的癡情

本心如如

同舟共渡大千世界宇宙翰海

片片飛花溶溶月色法海幻彩

讀日月山川

讀滄桑澎湃

時而龍騰虎躍

時而燕語呢喃

哪怕獨航滋味難耐

長歌輕笑一聲後

風起蕭蕭

雪舞曼曼

唯事事得逕向源頭尋答案

意識泱泱大海

無邊燈色朵朵開

一泓秋水明鏡臺

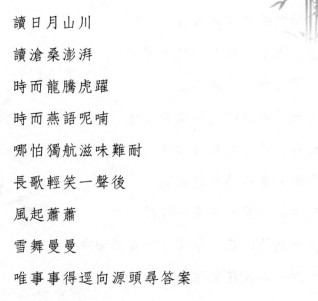

清澈映照過去現在與未來

青山嫵媚依舊在

默然含情笑開懷

何須頻頻問星海

何時藍何時暗

何時會亮白

華嚴有此義：

若人欲了知

三世一切如來

應觀不動法界性

識得本心自如如

菩提不在千山外

永恆與剎那

浪花的手　摩娑海月清輝

邀約水波柔光　情訴漣漪

有說不完的澎湃故事

記載著浪漫悠悠傳奇

古老一世紀又一世紀

餘音嫋嫋　依然迴盪古今雲霓

流轉三世　有一片空明湧自心底

夕陽的影子

一直在詩裡　在夢裡　在音畫裡

或許只在空無裡　何來結束與開始

何來秋冬飄零　又何曾有春夏飄逸

成住而後壞空　荼蘼終有花了時

永恆與剎那

不也只是多餘的一抹嘆息

生命是圈圈

侵曉鳥兒啾啾　喚來柔情片片

初醒陽光泛出新綠弧線

白雲依依繚繞青山千里遠

鳴蟬清風　鳴唱炊煙詩箋

為心胸盪開意念轉三千

雨夜裡　風情傳說寫迷戀

湖橋相遇　情繫花鞦韆

紫色故事　總在千山外畫圓

為你耕一畝情深　又落入迷夢花間

如何再寫一季戀　你說呢

心繫真理　忠於信念　活得恬適安然

無意談及不同意見　不同觀念

其實迷霧塵寰　我只想輕輕描寫生命考卷

瀟灑地、無心地無解落款

喧囂的夜　凌晨零點猶未眠

子夜一輪明月拼貼成圓

無言卻已言　生命是圈圈

生命淺說

酷熱三伏天

似秋老虎肆虐難擋

午後的一陣雨　帶來一陣清涼

心塵落在驟雨中　疾速被風吹散

一種深沉寧靜的「在」

似乎可以摸得到、看得見

頭腦與自我開始蒸發

留下來的是一個無底洞

何其廣　何其深

彷彿是個漩渦　深不可測

整個大自然活生生

渾沌中有其韻律　設計中有其秩序

處處可見生命交響曲

若說

我中有你　你中有我

我的宇宙即是你的宇宙

那麼世尊說

芸芸眾生光明本體　皆堪做佛

生命奧秘算是被說破了

生命融合

夢裡的夏天

千片蓮葉搖曳著綠浪

千瓣蓮花一夜裡意識開了

田野裡充滿了和諧　洋溢盎然

星空下也能現出絕對赤裸的美

隱微中望見

河流彎向左邊　也彎向右邊

忽而在前　忽而在後

呈現出多麼不一致的景象

河流不是要直達大海的嗎？

可是往南的　往北的

或者往東的　往西的

終究也在大海裡會合

相反的兩極獲得了融合

開始與結束終於相遇了

如果生命是一張琴

活生生是琴弓

靜寂是琴絃

那麼撞擊或者輕彈

抑或者就只是臣服

端看選擇與不選擇

如何讓美妙的樂音在自己手上

可以餘音裊裊千秋遠呢

光愛裡

冬日午後

我啊！　滿懷欣喜　佇立湖邊　等你

雖然鳥雀來回不停地飛

遲遲未見蹤影　讓我好焦急

只一陣風聲　便亂了思緒

倉卒間　剪下稠藍蒼茫飄逸

貼在我們的光愛裡

努力加乘我自己　盼望著雲颺再飄飛

柔柔指尖的微風　輕輕吹

帶來晶瑩的一期一會

老鷹天鵝圓舞美夢一曲

一起掀浪裙　醉白雲　悄悄往內幽居

如此慶祝開始與結束的相遇

凝眸交會於心　融於一

即使是霧淞沆碭的雪季

仍能仰起頭　留下青春寫意

共譜一萼紅

破曉時分　葉浪翻湧

窗外迷濛一片　千樹萬樹迎迓南天風景

一派諧和光音天　蕩起夢中夢

與你緊緊相扣　相約並肩行

望向不遠處　小草依依

嫵娜輕吻默然含羞小徑

紅顏綠帽交疊　熙攘成群　唱和麗人行

此時一襲淡雲薄霧繡蒼穹

天地祥和氛圍　餘響入晨鐘

曾經的我們　恍若迷失雲夢中

如今意識網上喜相逢　共譜一萼紅

空氣裡清沁薰衣草香　隨清風　飄過青松

拾回些些記憶容顏──依稀訴情衷

你！

蜿蜒一道驚喜彩虹

因緣會千里

花夢中有夏蓮醇美

薰風輕輕吹　吹起宋詞三姝媚

以迎新的心　行歌聊寫悲歡手記

處處喜相逢　未嘗傷別離

過端午　晨曦幻彩

亮在回憶扉頁裡

無須埋怨烏雲遮清月

只有永恆魔法展神奇

清楓江上　晴愛飛舞藍天際

幾世春風送暖

今生相遇　纏綿意識裡

若非因緣會千里

何來情添月下笛

有情天地

夕陽紅通通

塗抹大地瑰麗一襲夢

白鷺披霞齊飛歸回

拓印出古老印記圖騰

過去足跡漫漫

翻越時空濤聲

與今日的自己約會訴情衷

平蕪盡處　溪橋柳條柔細細

有你詞句一章　更添詩情意

融入我一隅風景裡

歌聲舞影蝶雙飛

徜徉有情天地

百草千花億萬思緒

一番風雨三分喜

齊放亮彩　迎向我　走向你

花徑

我立於天心

宇宙畫弧　繞著我而轉

四周垂落著很深的藍

你乘夢舟　划過我窗前

隨意一揮　斗杓南指

薰風拂過蓮葉田田

雲霧盪開　縹緲青山

雨露飄飛泉水溪澗

原來那是星光點點

飄灑你漸遠的身影

微微泛著寂寞與思念

昨晚南海上空　望月瘦了　有時朦朧一層

是迷惑的果　繚繞一曲瓊瑤棹歌

我不太懂　雨疏風驟依舊

喝完一盅情濃　是否

今早花徑上已斑駁

枯腸搜索

端午剛過　驕陽如炙

石榴紅通通　熱情似火

風雨的心還飄灑著落寞

能奈何

一個沒有詩意的午後

只能枯腸搜索

翻弄乾癟詞句

淡淡胡謅

珠璣怎地還睡在水調歌裡頭

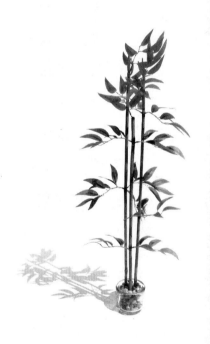

你的路遠遠走在前頭

我卻彆腳跟隨其後

花語夢哪兒去了？

悶熱的天　一片冷秋

忽冷忽熱黃梅後

花絮紛飛亂心頭

瑤琴一曲暖薰風

雲雀無意過南樓

知否　知否

我今晚飲一杯月華

青山不語

水流當歌

一片清明

付諸黃昏後

有你和我

相思翩翩

詩三百　相思翩翩

關關雎鳩思慕　采采卷耳癡情

綠衣追思　幽芳淒艷

深情莫過習習谷風篇

遠遠窗燈玲瓏　月色薄紗朦朧

葉落只願隨風飄行

花開花落卻也銷心魂

楓紅詩情只為一葉秋飄零

相思呀相思　怎麼心慌又折騰

有一個古老幻夢浮生

繾綣落日黃昏

淡淡緣分

匆匆一瞥竟也動容

滴落雨珠成了思念繽紛

有時湖上漂著薄霧無痕

比無心還要無塵

比無聲還要寧靜

可一次水鳥振翅　無意撥弄

思與念從此分不清

情人眼裡雲霧夜空

也因此多了一季閃亮星星

穿梭

來回開始與結束　你我穿梭古今

花開花落　夏至一陰生

日升日落　冬至一陽生

迷夢不斷如斯　無邊無際漫延伸

曾經的你或我　劍起了風塵

踏起彤雲　颯沓若流星

與我遊大千　搖過蜎集星辰

揮金鎚　吐然諾

豪情劃破長空　長嘯碧綠復彈琴

偶爾荷葉包　鑲上美玉良金

偶爾鳳凰下蛋　碧海遊龍飲

只是終不敵

無招勝有招　無聲勝有聲

生命迴盪　人似秋鴻　事如春夢

而你若美人捲珠簾

我卻像楓葉落紛紛

除了癡　其餘一竅不通

只是閒來無事

偶爾為佳人淡脂粉

美美豐收

風雨過後　又來一波

雖是黃梅時候　心若七月天河

花依然芬芳　草木依然柔和

薰風輕輕吹　鳥鳴啾啾伴水流

夜是濃了　濃了夢方舟

也濃了這一杯　ermouth酒

我遙請藍天白雲、日月星辰同來綢繆

也與你一盅　沁香暗暗流

端午前後　陽氣盛　火燒河

願湛藍天空　浮出荷葉獨秀

為你飄下朵朵清幽

以迴旋之姿　曼陀羅四重奏

彈撥友誼　敲響神奇　意識無比清澈

凡聽到的、看到的、感覺到的

形形色色　都能蛻變出美美豐收

借假以成真

雲喜愛　柳絲柔柔

湖上氤氳香吻　竹林霧飄松風吟

風喜愛　青楓婆娑起舞詩魂

密藏濃蔭　情留紫紅亭

波浪濤濤渡江心

始終不離海岸訴情衷

紅塵滾滾萬丈深

縹緲峰上搖曳五蘊

色受想行識　何處不是真

如何記得來時路　無假難成真

真似假　借假以成真

空是有　有抑或是空

空生妙有　千彩了無痕

楞嚴義深　夢裡嗚咽莫當真

燈色流轉　燭影搖紅

一沙一石　一花一草

山川大地　日月星辰

無一不是胸中幻塵

唯浩瀚渺渺　寰宇意深情真

感動何不當下且留存

滿月時分

　　滿月時分，寧靜月光下的言語，用豪氣來沃壯自己的性靈，灼灼醒目，此時靜海可以擁抱所有的過去，深植心靈的深度與廣度，也清澈地望見未來的精微處，走過荒唐歲月更懂得須用溫柔善待自己的生命，深耕一畝心田，讓生命的能量回到中庸狀態，隨順自然，放慢腳步，與內在取得聯繫，享受當下這一片刻的甜蜜，因為此時是經過漫長旅程後所達到的高點。

　　生命會有完成的一天，開始與結束終要相遇畫個圓，每個靈魂都有獨特的使命要去展現，沒有誰比較好或比較不好，沒有人有資格去批判任何一個靈魂，因為每一個靈魂都是神聖

　　圓滿的，批判別人等於批判了自己，批判自己也等於譴責了靈魂。

　　唯有醒在覺察裡，才能跨入更高的精神層次，
也唯有接納整個存在，讓自己就是存在，是光、是
愛的本身，和諧的生命將引領自己回到生命源頭
處，一切安然自得。

夏隨春水笈

梅子黃時雨　一川煙草風細細

油桐雪花紛紛落　墜滿一地的美麗

嘆息吻別春天情意　只因癡情大地

暗水流花徑　沒有恨依依

只有夏隨春水笈　日夜纏綿共旖旎

沒有百花嫋娜之姿

卻有蓮荷獨步娉婷　愛意滿溢

意識海裡　深藏霜葉飛秋霽

四季更替　美哉！造化功神奇

殘日東風前　剪紅情　裁綠意

佳人眸底柔香繫　氤氳繾綣一襲墨跡

愜意輕狂如夏季　同來湖邊情寄嗎？

有你可增絲絲風華無比

日夜相提攜　淬煉出晶瑩傳奇

真情

滿懷星色風雨　寫一頁詩情

薰風徐徐拂繞　斜倚夏季門

事事雖如春夢了無痕

心思一筆卻癡了秋葉情深

真情若在　萬里猶比鄰

古有云

處一世人生　逝若朝露晞

莫咄咄令心悲　心悲觸我神

縱使無清幽　憂思也成疾痰

山樹鬱蒼蒼　水流鳴潺潺

青山綠水繞　情義比天高

何事春風容不得　萬點落花多宛宛

處處見情真　猶見明月窗外笑？

神奇之旅

晨間氣息凝結

承載春夏之交的生死枯榮

在一次雨霏霏洗禮之下

風華終要面臨黃昏情景

玄鳥倏地東南飛行

猛然一悸動

驚覺迎迓而來的是蛻變與再生

儘管世紀腳印交疊層層

地球依然順著自己的韻律轉動身影

一串串新的分秒　開始穩穩跳動

一步步繼續踏出晶瑩

夏季就這麼悄悄來臨

又會是一季神奇之旅

可以瘋狂熱情

也可以編織夢的沉靜

如何揮灑　端看冷熱心境

荔月風情

滂沱黃昏後

西天道　熠熠一顆孤星

冰雪似的晶瑩

為雨後的一陣清涼

融入夏日小語風景

這樣的時節　可以歡欣吟唱薰風之歌

一點靈犀　拾取一年多情芳意

迤邐煙村林色

殷勤海棠花月下

同攜手　賞清幽

今晚可以是最美的繽紛

入荷夢小徑　蜿蜒著荔月風情

愛煞一片縹緲虛空

等一個啼叫聲

等一道驚喜彩虹

踏上霜後的黎明

記憶流水

晚風吹涼　回憶落在月光下

一條長長的風雨小道　飄著思緒浪花

蜿蜒處典藏了多少森林情話呀？

傳說中翩翩蝴蝶谷

依舊蝌蚪成群　斑鳩驚飛嗎？

念湖幽幽小亭臺　來訪的仍是露水和無語嗎？

這曾經的夢幻　恍惚夢瓊瑤

忽隱忽現　起落輕悄悄

依稀裡仍是你那片溫柔

摟著落葉輕輕飄

似涓涓流水　情深環山繞

別了輕舞斜陽青青草

好似你說的月河流轉　載過三世滔滔

或許吧！　靜靜依偎

甜蜜蜜只會短暫浮上嘴角

南風一吹起　別情又上柳樹梢

曼陀羅

曼陀羅聖杯攝魂

美在絕塵無色心

心寂然靜深處

處處蛻變宛然再生

曼陀羅若一面圓鏡

照亮神聖殿堂門

若蘇菲旋轉舞三生

夢中夢　三重夢　多重夢

轟隆轟隆......逕自浩瀚奔騰

曼陀羅實屬殊勝法門

寧靜、安詳歸於中心

很美的事情會發生

踏上一趟醍醐旅程

天地匯心　真愛融合在心輪

彩霞隨藍天　烈愛蘊濃情

臣服生命　任一道彩虹彩繪身心靈

唯一

三月雲　五月菩提

輕奏薰風神祕

如夢的溫柔　撫慰歲月痕跡

千山之外　萬般情懷

有你柔柔水韻

流露出原始靈秀飄逸

走不盡是夜

難理解是深夜一顆心

唯靜謐

深得寧靜況味

唯一覺知

鑽石雷電箭才能穿透內在核心

而你

宛若月下秋霽

知曉大千世界秘密

自己就是唯一

寂寞與思念

聽著雨聲　氣息清鮮

突然的驚叫一水花

心漣漪陣陣　泛起你的頁頁詩箋

我讀了好幾遍　心不斷地流轉

似乎有甚麼遺落了　久違了這思念！

薰風輕輕　夢痕緩緩

你熟悉的足音醒在夜闌

歡欣的風歌吟唱

如花兒容顏　朵朵燦爛　我細細將它窩心間

再三眷戀　明日早　我請第一道陽光

褪去你的沉甸甸

請迴盪的鳥囀

將你迷霧的天空驅散

再請彩鳳蝶橫越三世翩翩

來到你眼前　還要問你

是寂寞在前還是思念在先

悠悠揮灑

窗外清風一襲衣

拂葉瑟瑟涼涼吹

依然柳條一池柔柔細

媚向娉婷獨秀荷一枝

瀟灑斜照黃昏水

此景猶在你我迷夢裡

花臺上　旋看飛絮飄逸墜

曼舞放歌　對酒對情又對詩

誰來輕顰淺笑秀佳麗

湛藍天　碧綠水

清沁敲詩入精髓

羨煞湖上鵝兒羞戲漣漪

前情未了　與你琴書戀情意

共飲千江水　悠悠揮灑千秋筆

情留紫紅亭

明月如霜如水　清景好風無限遠

遐想斜陽落入溪橋另一邊

而我們如風箏一般　仍被繫在這一端

只為守住流雲夢幻　迷情潺潺水聲繞青山

有如燕兒來去春翦　只為輕呢喃

曾經的曾經你說

青階石板路　喜愛回憶情人腳步聲

是呀！

雖蒼翠美欲滴　醉人心魂

但我們拓印過的留春令　成了凝固情深

鳥鳴啾啾透碧霄　歡喜鶯遷　繫妝濃蔭

把一縷繾綣　留給紫紅亭

情深

已是暮春時分

垂柳還孃萬絲金

綠兒細細柔柔

偎湖情意長且深

風兒吹起漣漪

盪起幽幽空無韻

天地泛愛　眾生芸芸

任鴛鴦為偶　寫下若無深痕

翠葉吹涼　嫣然搖動有情人

山成了凝固情深

水流環繞音塵

問愛何處尋

諦聽滑過眼前是無聲

菡萏荷花苞　迷霧癡濛濛

情濃一盅

我輕輕搖曳春秋薄暮

以流浪的筆觸　氤氳蘆叢　笛過蟲洞梅訊

此刻再回到荔月時分　喚醒唐末詩餘

唱一闋采蓮令迷神引

情訴荷影落桐回音

有藍幽深沉的海韻

有楓紅繾綣的癡心

曾經一次蝕魂的紫朦朧

你我塵緣裡　西天的晚虹

多了一則橫波繽紛

淋漓著情濃一盅

每在生命迴旋處

無邊梵音響在風雨鐸聲中

我在丁零裡引罄

妙陀螺裡　拈一息香橙

恁麼繚繞千載雲層

一頁詩情　不知怎地　就落入你夢澤中

情難了

大漠孤煙　夢裡迢迢

心茫茫然如絮如雲飄

流浪在沒有方向的孤島

夜中靈魂更加無緒亂飄搖

愛知道遠雲的家鄉

愛知道如何娉婷飛颺

我將你的愛揉成棉花糖

柔柔繫在清輝上

夜夜美如皎潔明月光

大雨傾盆後　即見彩虹之美妙

靜極思動　總會心血紛來潮

與山與水綢繆　與人與物相互調笑

因緣總是來來去去卻難逃

今日相知相遇　情深自難了

晨曦賞荷

一夜雨落在夢徑

似乎還在流淌

夢醒的晨曦早已笑在荷韻上

我與寧靜音並坐　諦聽　觀賞

清風如何識得蓮花香

百千蓮葉又如何齊綻放

只見摩訶池畔上　玄鳥頡頏

蜂蝶環繞　久久留連芬芳

何須再說

今夜思千里　何處是家鄉

感動的一瞬　捕捉大地詩章

願與你共流轉這無限徜徉

遙請藍天白雲　彩霞日月光

將這份醇美繫在你枕上

荷韻

田田碧葉　　喜翻風

圓亮珠兒　　韻無窮

一池靜謐　　輕搖曳

亭亭朵荷　　映蒼穹

瓣如小舟　　盪煙波

田田碧葉　　喜翻風

圓亮珠兒　　韻無窮

一池靜謐　　輕搖曳

亭亭朵荷　　映蒼穹

瓣如小舟　　盪煙波

癡傻醉笑　　與天同

參差和諧　　無言語

舒卷有致　　禪意濃

含蓄娉婷　　迎熹微

款款蜂蝶　　悅相逢

縹緲雲霧　　斜雨絲

隨風飄舉　　遊芳蹤

最美的繽紛

自然是最美的繽紛

月色似夢　湖柳依依是輕吻

初夏以來

上弦月走過清晨　淡出黃昏

躍入子夜藍幃伴星辰

宛若省思彼岸晚鐘

沉浸迴盪世紀的曾經

我也回首品嚐　飲一杯歲月茶

心情特別明朗清澄

像海一般　有說不完的潮汐心聲

每一朵浪花都有一段最初與最終的深情

也像雲一樣

有藏不住的悄悄話　總想說給風聽

雖然沒有回音　卻依然莫名的高興

親愛的你　我們心有靈犀一點通嗎

蓮花的醇美　識得薰風

雲跡的深處　覓得湛藍天空

喜悅的國度

靚藍一滴的國度裡

存在著一群古老的兒童

他們沒有時代的信仰

他們不讀歷史哲學

他們只傾聽啾啾鳥鳴

享受風與橡樹婆娑的喜悅

觀察並隨順季節的韻律

他們深知不須刻意有任何作為

就只是滿足存在的一切發生

讓自己成為奧秘的本身

晨曦與黃昏寫自己的詩

星子與月兒做自己的夢

雲霓與蟲子唱自己的歌

滿谷花朵芬芳自己的優雅

可愛的喵咪

獨個兒沉浸晚霞的摟抱

荷葉上的青蛙

正思索著清風細語......

那是一個迷漾多彩的宇宙

它在遙遠卻很近的地方

曾是我們駐足的次元

兄弟姊妹的我們個個都是

草原森林的小精靈

記起來了嗎

你我是誰呀！

喚醒

孟夏午夜時分　滂沱雷雨交加

萬物片刻生死後又出現一朵花

大地重擔得到釋放　生命得到復甦

一切的成長又自空無生出

樹木出奇的綠　星星出奇的亮

整個存在出奇的不一樣

生命這般無常　無常裡望見驚奇的創新

看著風雨中搖曳的玫瑰　舞出寧靜

對未來何曾害怕　何曾擔心

花瓣即使在晚上凋零

不曾看見她的抗爭　只看見她對存在的信任

昏睡被喚醒　柔軟活出生命的和諧與堅韌

人與人之間的情感流動

是不是也該如此天真呢！

感恩

每個人都是彩虹體

紅橙黃綠藍靛紫合於一

心性光明無邊際

每個人都是天邊一顆星

湛藍天空　熠熠相照映

亮出一隅好風景

眾生皆有情

萬物皆有靈性

你中有我　我中有你

外在一切只是內心投射的自己

傷人即傷己

眾生屬一體

今世有緣相會意識裡

詩來詩去有情有義

感恩在心裡

相知相惜

愛無力了

有一顆心遺落在天邊　碎成萬萬片

誰人能來補綴　風嗎　雲嗎

倦了　累了

連月兒也無奈　只好將它留給──

空洞洞來傷悲

有一顆淚　藏心底

脆弱無力　因風即委地

不許它偷偷滴　竟在夢裡落成滂沱雨

濕了枕巾　迷離　無語

是誰　惹秋風瑟瑟　吹四季

是誰　嫉妒繽紛　結凍美麗

是誰　掠走我歲月的小茉莉

僅存一抹楓紅氣息　拚命搖曳

是愛無力了　是痴心倦了

是相思累了　一切都在你走後　沉寂

那句你給的柔軟夢囈　成了唯一　此時

薄霧又自深巷湧起

歲月菩提

聽君一夕言　芬芳多甘霖

縈思八萬　形影四千

彩姿一一皆幻塵

映照心湖　清澈如鏡

悠悠荷月　如詩如醇

你的婉麗清淨　如磬如鐘聲

靈山花朵　因你彩霞繽紛

瀟灑一遭後　黃昏分外美麗

一千零一個夢　雖依樣令人沉醉

只是方寸間

多了一份久貯的芳香果味

或許這就是歲月菩提

歲月飆浪

乙！打老鼠　好可怕　還好有你在

讓我憶起如何的眷戀母親情懷

時光匆匆且徘徊

我孜孜於心　有特別的喜愛

漫話　小説　爬樹　追蝶　文武通通來

小時候　喜歡野地裡追夕陽

夢裡總出現美美的月姑娘

一大早醒來　趕著親吻黎明霜

看爸爸下田　跪著來回插秧

我總是一個人　呆呆望著四處尋芳

如此傻乎乎　過了好幾個歲月飆浪

此時　竟與你有緣話滄桑

似乎也可以盈室飄點香吧！

夢一盅

夜涼如水

夢又漂流到一處海灘

空無一人

僅有一艘傳說中的小船

船上藏著一段無怨的情牽

還有一把無形的銳剪

將歲月的河剪成兩半

一半是遐思　一半是闌珊

星月依舊閃亮夜空

清風依舊跌宕花魂中

唯獨相思走不過夜長亭

斷了翅膀的溫柔

早已堆成心事重重

詩韻一朵朵

猶徬徨旋轉成夢一盅

夢中小詩

窗外雨愈下愈大　夢被一陣風吹起

亂了我方寸　有些些失意

尚未完成的一首新詩

還寄留在一片殘月裡

在錯愕中　我來不及拾起

於是有請午夜迷惘

輕奏一曲縹緲希望

在漸瘦的小徑上

標記著「一簾風絮滿庭芳」

賞花的人兒　望你能聞到幽香

別忘了　夢另一端的遠方

織著密密的網　繫著三世橙花香

夢中夜

薰風寫意西天邊

鋪織彤雲　霓裳昏黃天

平滑流線　造奇連環妙連環

想望夢中夢

幻翔三世　翻越彩翩翩

雲樹落入山嵐濃霧間

紅顏蝶飛　依舊繾綣

綠貌一片　滂沱出彩千揚帆

這是夏季輕狂的婉約

是行山野的時節

可以出遊海上　共享朦朧美孤絕

還記得我們晨曦相約

日夜留醉瑤臺香榭

似濃情款款　搖曳楓紅葉

這某年某月　某一天夢中夜

夢徑

梅雨綿綿好幾天

心靈滿佈潮濕屐痕

難見落日餘暉　只能在夢徑上彩霞繽紛

依循你的圍籬　情深寄花唇

沿著消瘦的夜色

星星開始魚躍跳動

月光開始朦朧起舞

夏韻秋情同步醉輕盈

藍色旋律凝聚海潮聲

聲聲湧出無法丈量的晴空

夢中夜色美在雲霧層層

雲霧層層美在佳人入夢

原來淅淅雨絲相映青松

空之眼無邊蔓草生

飄逸有你的春夢

氤氳艷陽情韻　美哉！　一隅詞闋風

夢還在漂泊

夢還在漂泊

月光碎在水波

千年不變的是

日月永駐心中

春夏秋冬是內在水流

宇宙是我心　我心即宇宙

真愛裡有一傳說

你是我夢裡蓮花一朵

我是你秋韻夢陀螺

攜手浪跡天涯　你和我

一世紀又一世紀

只為回到生命源頭

窗外薄霧依舊沉默

霞霧堆疊美在黃昏後

遍野芬芳　颯颯葉落

暗香浮動

風殘韻事輕輕走過

靈命迢迢遠

終要越過寒冬

心中得灑脫

誰說銀河相望

不是含情脈脈

尋夢足跡

輕得似白羽

似雲煙

只願拾回眼下一抹

汪水一碧

不再散落

輕輕的夢

霧濛濛　一汪碧水

一點風色　飄浮輕輕的夢

青天藍帷幕　繫著琉璃泛晶瑩

是你垂落靜寂的夜空

於是我從灰色迷夢中醒來

柔風沁動玉蓮池面

浮出詩情翩翩　畫意點點

柔柔細細　有繽紛有愛憐

紫色那一朵柔軟

飄浮著遠古春幻

至今仍臥躺南天雲端

蒼浪寬闊　疏影淡淡　黯默緩緩

一隻鵲兒欲把愛意傳

情絲濃濃縷萬千

遙盼著　七夕二十四風月橋相會面

暮雨雖無言　彩虹靚量無限

遙想

是誰曳著天邊雲彩　來到我窗前

是誰墜落星子　跳動我夢裡平原

連露珠兒也來彩妝　繽紛門簾

一幕幕　熠熠落入我心田

拈起你眸過的一枚楓紅葉

一行行娟秀娉婷書寫

遙想八月情意款款菩提夜

至今暗香滿滿　未曾凋謝

歲月蹁躚

愛你的心依舊難理解

曾經深情舞醉蝶

翩飛草野

早已振翅無意

遙想掛寄古今月

美得不像羅密歐與茱麗葉

落日腳印卻織就了一襲夢無邪

鳴芬芳

輕踏白雲飄飄

眸妳淺淺一笑

海潮心思月兒知道

星語無言我知曉

霜露會意　交疊腳印

挽妳過河　唱小調

看呀！　清風如何靈秀舞青草

河畔柔柔水韻　日夜環繞

宛若薄霧多情了心靈荒島

妳睞我盼　似夢似瓊瑤

又似一樹秋霞美了雲霄

歡喜看妳羞紅微醺模樣

天空花絮不禁墜入池中盪漾

慧黠的眼　幽幽疏影暗藏香

愛煞曾經的卉苑徜徉

啼鶯歸燕相競鳴芬芳

嫻靜揮灑

撥開雲霧　熠熠星辰你和我

滄江急流　抒情寫意定風波

知情芳草　遙寄孤月守索寞

意識相逢　別來暢懷心感受

平平仄仄　日夜輪轉仄平仄

清宵嫻靜　細細長長詩吟哦

青山綠水　娉娉嬝嬝屬荳蔻

天方夜譚　任意揮灑不執著

菩提一隅

菩提樹下一隅

靜靜聆聽

一池清涼

五月古韻銜來花語

有南方濃濃熱情

沛然凌空飛雲

飄著彼岸花絮

鍾情碧波青山

織了一襲薰夢

荷葉搖曳柔湖綠水

雖無語

早已釀成

曼陀羅千絲萬縷

曉月星稀

與湖盪漾萬里情

猶見點點白雲

沐浴嫣紅中

誰說一汪碧水

偷去了雲影

倒影重重

是晨曦

是朝霞吻了湖心

此情此景

還請夜空小星星

閃亮在你窗前

倒映成亙古亮晶晶

獨步娉婷

輕雷敲響　醒了這一季
縷縷幽香　仍搖曳春色風華
紫色迷離　仍眷戀月籠紗
綠波顏色　仍會清涼這一夏

大地處處瑰麗一片　信手拈來就詩章
門前石榴花　染紅了晨曦臉頰
見到了嗎？
荷塘月色依樣醇美如霞
無須在薰風季一時叱吒
卻可獨步娉婷　嫣然一奇葩
心若涵太虛　自是美景甲天下

靜思夜語

夕陽落入時間的海

漫向過去的憧憬

現在的芬芳

未來的遐想

開出荼蘼花兒的翅膀

畫弧繽紛

三世夢幻飛翔

單獨徐行天涯

刻上七彩帶

灑下金光

留下片片瑰麗晚霞

沒有絲絲眷戀

只有盡情揮灑

清輝泛遊月光海

歡喜亮在靜水深處

飄逸優雅三千

無須燦爛輝煌

卻享靜姿光彩

無須旋律沉湎

卻愛彈撥輕攏慢撚

水聲淙淙咽流泉

也愛花下鶯語鳴間關

日月天地相追隨

漫遊雲霧

徜徉愛情時空海

葳蕤心田小城

星星是結晶

繾綣是雨虹

春江秋霽夜

薰夏拂寒冬

諦聽意識絲竹聲

但求靈犀一相通

靜寂‧愜意

我飄逸過久遠的年代　只為靠近你

以旋風之姿揚起紫色漣漪

涉過早春的綠　輕輕款擺袖衣

低低回響在你窗前　此時星沉荷池靜寂

你我入深林又出森林

內心一片清涼意　青翠茂密

枝條濃蔭　扶疏花語夢四季

靜觀天宇滄桑變　縱使心中有雨滴

夕照下　吟風清唱　滿滿都是你的甜蜜蜜

總喜歡揶揄揄光一下　雖然此時澹澹寒波起

還記得我們的鵝卵石浮溪底嗎

砌成了我們的青春　我們的小秘密

你還將晶亮的露水　霧化成迷離

與你一路逶迤山水　盡是愜意呀！

雖然此時月光只剩一滴　風細細

秋天童話又輕揚

秋天童話又輕揚 【一】

雲之南

長長千呼萬喚的大江河呀

你的名字──雲之南

一個伸手就可以摸著白雲的故鄉

貼耳就可以與大山呢喃的小村莊

宛如一葉小舟的秋天童話又輕揚

誕生了如詩又如畫的奇幻美妙

這窗前的滿天紅霞　寂寞許久了吧

一陣風來　怎麼～

也誕生了似夢的皚皚山頭

望妳百千億萬遍　仍鍾於妳的神奇

是一個能噙住我魂的夢家鄉

一個用鳥語花香撿拾記憶芬芳的國度

仍有數不盡的驚訝

只是一片飄逸千載的落葉

游於蒼茫霜雪之間　就能任你我　流傳　蕩漾

一世紀又一世紀　驚嘆呀！　雲之南！

秋天童話又輕揚【二】

小祕密

秋天童話的輕揚裡

還殘留一絲絲夢的痕跡

那兒有你曾經許過願的小祕密

含情脈脈的樹上　仍跳躍著你的氣息呢

依稀有個偌大森林　我們小憩亭台

陽光斜斜慵懶　卻撥開了幾天的陰霾

我要你猜

昨夜除了月光和潺潺流水　還有誰來

再猜

湖水漾漾　飲盡了多少落日黃昏色彩

唉！　你答不上來！

寒山寺的鐘聲暫時停擺

你說等太陽出來

一切去問如來

秋天童話又輕揚【三】

你的眸　癡我笑

是誰　搖下昨晚車窗

讓夜森林偷走一抹斜陽

是誰　撩起今晚溫柔的衣裳

讓月兒彎彎高掛天上

星星也閃亮一地的流螢幻想

你的眸　癡我笑

是否　輕舞斜陽的每一枝草

都在等晚風的摟抱

是否　每一次的失落煎熬

都會帶來孤獨寂寞的纏繞

我的眸　也癡你笑

大地春秋來回繞

前世的溪流　今世的瀑布會知道

秋天童話又輕揚【四】

秋水情濃

歡喜與你

望著黑絲絨被的天空

似魚網的夜　無盡地延伸春夢

泛著淚光　網星星的秋水情濃

如何才能網住　愛情金星的深情

刻在七夕橋上的夢飛永恆

歡喜與你絮絮海邊

因為海裡有你的誓言

浪戀總掛在你胸前

我問　下一個波浪前來

要躲過還是纏綿相戀

你說

潺潺流水

燕兒呢喃

情話綿綿

秋天童話又揚起【五】

喜悅和訣別

雙手捧著妳的笑靨

彷彿還在夢中的昨夜

你一向溫柔多禮又體貼

總是送我微笑芬芳　詩成一絕

多情的淚水

只因飄飄欲墜的一枚殘葉

妳曾問

月兒彎彎雲裡去　單單只為那柳眉葉？

深深　淺淺　灰灰

一個輪迴又是月圓月缺

此時　又是秋天時節

潮起潮落的愁歲月

叫我如何寫

飄逸零落葉的喜悅和訣別

秋天童話又揚起【六】

願望

掀開古老記憶窗帷

月光似夢又似流水

是誰又唱起這癡情的月光曲

為潺潺流水譜上相思詩句

引頸望星空　玫瑰色彩泛藍天

依舊如此激盪　澎湃萬千

晚風總是喜愛把過去吹向

童話故鄉　這夜深沉的小巷

風中的朵絮　又飄起妳的髮香

訴說著無聲卻沸騰的願望──

所愛的人都能喜悅在我身邊

好願一一實現

一路詩情無限

紅霞滿天

秋天的童話又輕揚【七】

讓你一個人癡

鏡中花　難耐的是霜寒

讓我用詩將它還魂

水中月　不免陰晴又圓缺

讓我浪漫嬋娟　醞釀一個吻

歡喜與你　醉月舞春風

擁抱美麗的黃昏

你聽！

絲絲細雨　如何朦朧一抹斜陽

燕兒呢喃　如何藍天頡頏

又如何剪裁春天衣裳

燦爛一夜星空後

雲的飄過總讓人深鎖眉頭

怎麼說呢

或許只是為了　讓你一個人癡我吧！

秋天童話又輕揚【八】

依戀

夜神催促著火輪子回海之鄉

一地星光即將粉墨登場

雲彩灰灰纏綿著橙黃不放

已分不清最近和最遠是什麼樣

一對戀人遙指海的那一邊

有一牛車的前世今生情　話不完

山盟海誓呀海枯石爛

說盡了古今中外經典

卻說不出

碧海為什麼總是這麼依戀海島與青山

風雨過後的天　為什麼依然

如初戀時一樣的藍

秋天童話又輕揚 【九】

喜歡繞著你

我也喜歡繞著你　窩在被裡

話古話今　話天話地

與你講個不停　說些悄悄話給你聽……

常常摸石頭閉眼睛

如往昔　它依然冷冰冰　總是沒有聲音的回應

奇怪的是　我都很高興

恍如走了一遭前世今生夢

知道女神海尼兒會在夜裡撒上滿天星星

燦爛的相思亮晶晶

早晨又會撈起零散的彩霞

粉飾你討厭和乖張的家

看哪！

今晚一彎紅月亮有尾巴

一群海星星胖腿蛙

176

屋簷上爬呀爬

來勢洶洶　看準你家門窗正鋪灑

哎呀呀！　無法擋　這些小娃娃

地平線都要漾起了煥彩

清脆悠揚的音符滿山澗

也輕輕滑過手指間的琴鍵

流轉喜悅　絲絲纏綣

秋天童話又輕揚 【十】

癡癡望著妳

湖畔輕輕搖曳

泛起柳絮入夢漣漪

彩蝶飛舞　漫過風的足跡

夢中的妳　宛若一湖靜靜的水

含煙纏綿一夜山之美　可知

比薄霧還要溫柔的妳

一生的最愛　就在自己的感動裡

瞧！

雨後彎彎彩虹橋

好似妳長長的睫毛

好想拾起秋色雲梯

浪漫藍天際　請閉上眼睛

讓我癡癡望著妳

脈脈含情

感動水藍藍的蒼穹

秋天童話又輕揚【十一】

承諾的嘆息

昨夜微風　如海深的藍天

月光乘著露水晶瑩　來我窗前

揚起海角的風帆

無聲的翻騰　血脈為之噴張

見她遊走秋水長空決決

天宇為之晃蕩

熠熠繁星也為之護航

流波飄來細語憧憬

編織著一襲瑰麗無塵的夢

洋溢著薄霧般的朦朧

深繫著落葉的殉情

忽地又是晚秋時候

翻著妳給的詩箋　似一葉扁舟

搖曳著承諾的嘆息

愛上妳　真的讓我無法逃避

秋天童話又輕揚【十二】

醉 月

西塘小鎮又醉月

迷濛了多少溫柔夜

淡淡香的懷念　嬝嬝香榭

詩意翩翩　頡頏如彩蝶

彈唱千年　詩唱蒹葭扉頁

教秋風如何寫

泱泱秋水明月夜

我與你手牽手肩並肩

如島與海的永遠

你問

海鷗如何飛越遠洋妝點

空闊無邊　引人遐思的月湧海面

或許

天的蔚藍　是海的容顏

李白撈月　不過只是為了回天

秋天童話又輕揚 【十三】

寄語秋雲

與妳醉臥斜陽　殷勤向妳獻珍藏

療癒這道深深情殤

轉身看向　海鷗藍天徜徉

寄語秋雲　款款飛翔

相約意識海裡　盪詩韻

忘情遼闊沉默的腳印

拾回已逝的風景

醞釀一個有火花的星空

像海有說不完的心事

讓風也來聽

千年纏綿苦戀　不該再重逢

蕭瑟風雨處　應有美心彩虹

再度亮起骨溜溜眼神如星

兩顆音符相碰　浪漫永恆

秋天童話又輕揚 【十四】

一封情書

有一封情書　藏在晚照裏

無邊柳樹　輕拂相思意

島的熱吻海洋　伴著你的疼惜

一份同在的喜悅　湧自心底

海鷗飛處　盡是迴盪著甜蜜

我們一起看海浪捲秋雲

擁抱一個會翻騰的黃昏

抹上餘暉的海濱　是虛無夜的沉浸

可知？

一支破琴的哽咽

輕把愁滋味託給殘月

畢竟

這等顏色屬於淡酒薄醉的季節

秋天童話又輕揚【十五】

問秋風

秋風寒顫　吹瘦了藍天裙角

彎月斜掛南天夜小道

雲朵驚嚇得不知如何是好

躲也不是　只好偷跑

落葉也貼地 渴望被風吹高高

總是惹傻了星空亮晶晶　癡癡笑

妳說　是誰無事繡晚霞　摟晚照

或許

打溪旁悠悠走過的他會知道

今晚問他

雁過西山　腳步為何悄悄

秋天童話又輕揚【十六】

情牽亙古

暗香花影

可以浪漫多少情

凝眸交會的心

可以掛成多少天邊星

夢蝶翩翩舞三千

如何撥動陽光七弦

如何譜出落葉與風的繾綣

關關雎鳩　鳥鳴聲啾啾

流瀉抽屜收藏的秋

盪漾心灣暖流

夢迴曲曲　笑語無數

你的溫柔　我的歸宿

一彎新月風流　情牽亙古

秋天童話又輕揚【十七】

晨曦輕罥

秋裡的眼　有妳的詩意翩翩

子夜藍帷幕　萬點星星閃天邊

甜蜜纏綿烙心田

無意西風吹　惹眼簾

一不小心　將迎風的帆

掉落天邊　妳好心將它輕罥

再繡成陰晴圓缺的緣

高掛天邊　伴我入眠

夜夜夢裡相見　愛妳在心間

泱泱秋水晨曦　有妳的斑斕

愛妳的清唱　穿我窗簷

秋天童話又輕揚【十八】

今夜 沉醉流淌

輕啓捻花手指　寫海的詩章

日落黃昏　雲彩翻紅典當

就給今夜　沉醉流淌

海上風　雲中月　江渚上

乘坐詩的翅膀　江湖浪蕩

讓飛鳥也要驚嘆　跳響

不管星星是否會發光

心中的美何須化妝

淡淡笑意　早已洋溢臉龐

愛煞妳的讀海涵養

喜歡與妳眨眨眼　癡癡望

秋高氣爽任翱翔

一浪一詩滿滿情　蔚藍誦揚

秋天童話又輕揚 【十九】

一聲秋的驚嘆

神秘百錘　　一聲秋的驚嘆

掀起百花國度的帷簾

多少花　　曼妙地仰望天空旋轉

嫩嫩的、柔柔的、金黃的、嫣紅的……

倫巴、探戈、拉丁、恰恰……

滾一身綠的新鮮

沾一身香的盈滿

披散著長髮與你出遊

和著蟲聲唧唧　　鳥鳴啾啾

秋裡的春天　　別樣綢繆

氣息裡多了一縷清幽

你我覷覷　　搖曳一葉溫柔小舟

秋天童話又輕揚【廿】

冷香凝夢（告別秋天）

楓紅別了黃花　思念成了歲月年輪

不捨的葉心　鑲了一季秋的亮晶晶

驚悸如江水奔騰　盪人心魂

你輕輕的來　又輕輕的別吻

留下一抹觸不著的深痕

愛那麼深　痛也那麼深

你說　海闊天空

隨時都可換場景

何必過多著墨於幻影

但你牽掛我迷失於夢中

總又聽見　絮絮音聲

響起我耳邊　為冷香凝一世紀的夢

冬 之 夢 囈

墜入愛河的季節

你說愛裡有晴天有雨天

如果能夠　希望把雨天都留給你

如果能夠　我是希望雨天一起分享

親愛的朋友意謂著有相通的星空

我知道你的所愛　愛你所愛

真自由可以彩妝我們的靈命

在你內

我見到曙色一線的乍露

在飛逝的時光裡

我們可以一起留下盪人心魂的亮點

雖然2012年掀起陣陣惶惑

但因為有你的印痕

我可以讓自己是存在

然後

你為我而存在　一如

我為你而存在

這個冬天季節

是個墜入愛河的季節

在風的傳說中

可以一邊跳舞

可以一邊打趣

讓冬天能夢見春神

揮灑著洋溢的青春舞曲

讓雪的心事能化成甘露雨水

我們一起分享著彼此的喜悅

祝福我親愛的朋友

亮白的梔子花

今晚為你而開

愛的小語

愛像天邊小星星

如神坐擁湛藍天穹

卻愛煞人間鵲橋幽情

只一個西風落葉纏綿聲

依戀竟也悄悄生

化為雨絲　逍遙雲夢大澤中

嬉戲於秘密森林裡

落入碧樹間　成露水一滴

喜濯足於潺潺流水

唱和著青春寫意

迷於夕陽餘暉瑰麗

可太陽也疲倦無力氣呀！

落寞裡　斜斜地　斜斜地

將自己摔成珍珠迷離

把情再耕深

我彎身　拾起三葉綠黃風景

一葉脈絡　刻裎著前世風情

一葉溫存　流露著望外晶瑩

一葉芬芳　只欲把情再耕深

於是我寄情予風　遊走三世長空

請雨落在你窗格　默默潺流

請花蕊寫下心事　甜蜜你方舟

我日夜孕育

山容之姿　水蜜依依　柳情嫋娜

酬和你飄送的溫柔

靜默裡　有我呼喚的祈禱聲　託予夢宇宙

我乘天梯　披著月光　輕擁你的守候

於是偶然裡　湖心漾起了泛泛漣漪

記憶著　一頁秋詩　春風正搖曳

雋永你搖櫓遠來蹤跡

意欲愛的饗宴吹醒這一季

夢裡小插曲

你將「愛與不愛沒有答案」　自個兒藏

萬般滋味　卻落入我心房

我只能在夢裡　晃漾晃漾

將你澎湃飄忽情絲　編織成網

雖然此時　夜深靜寂　北風也撲簌簌

窗外湖畔搖曳著星子腳步

無底深的沉默開始竄升

我們曾經合音的曲譜

日夜等待你無心來碰觸

卻多了一份憔悴心語

傷口如孤絕新月　來了又去

漫過我風景痕跡一隅　還記得嗎

我為你寫上的藍紫色語句

一滴藍裡　有著風花雪月囈語

唱著深紫戀情　宛若綿綿細雨

還記得嗎　這是我們飛揚天際　小故事　小插曲

你知道

近近遠遠　朦朧樹梢

隱隱約約　似乎都醉了

醉入晚霞的懷抱

是你愛的小語　甜滿我這孤島

是你的輕輕攬　讓野花兒歡呼舞蹈

親愛的　你瞧！

海這麼金黃　雲這麼飄

眼前這對水鳥

倏地　從岸邊叢林飛出

飛出一身的優雅　多麼的輕巧

那迴旋的音符　一瞥　一跳

已落款詩一首　無盡地與海天纏繞

是你為我鋪就的一闋　日夜繚繞

默默無言裡　我知道

你知道我的知道

畫圓

燦爛一世紀星輝

陳年往事　依然徘徊

前世景　來世今生輪迴

難綢繆　愁苦愁悲

心碎片片　傷別離

欲畫圓　卻離原點　越來越遠

烏雲總蔽月　自古誠難圓

教多情的風　如何埋怨

或許善等待　靜靜與天商榷

含淚的笑容盈盈　洋溢飛越一闋

圈你圈我　能始終攜手拾階

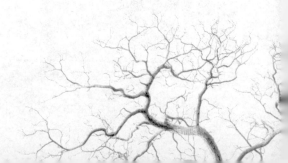

你好壞！

一個閒閒午後　遠遠傳來風的傳說

有雲的寄情一首

詩的無瑕　驚了我心頭

你說

我如何從天邊悄悄掠過

你又如何　掬一次美麗心情　與我邂逅

可知

我已無法讓自己　不落入你方舟

夜夜想你　想與你手牽手

讓寂寞留給山後頭

記起我們曾經的玩耍嗎　官兵捉強盜

呵！　多麼的狂野！　多麼的氣揚趾高

你還扮鬼臉　猙獰亂跳又亂跳

害我拔腿千里逃　一直驚叫！

你好壞！　讓我不知如何逃！

捻你情意

鑽石雷電的穿透　　讓人無可逃離

其實有一半是自己不願躲避

毫無來由　怎地一夜不能成眠

原來是你這甘醇烈酒蜜意

讓我整晚神采奕奕

呼喚聲來自核心根柢

是真愛唯一嗎

是阿夏女神讓我遇見你嗎

怎麼好多的發生　　這麼的迷離又神奇

對我來說　　你有無可抗拒的威力

那是來自存在的溫柔奧秘

有春的色彩　　有春的氣息

詩一首　　捻你情意

藏於花唇　摺成蝶衣

悄悄於夢中　　送至心坎裡

親愛的　我們一直在一起　　不曾分離呀！

深奧的謎

田野雀鳥吆喝著　飛越出一片驚喜

冬之陽溫暖了河岸田畦

酩酊蛙鳴　早已沒了蹤跡

只見幾番掙扎的橄欖樹

仍遙響著悲歌商曲

於季節盛衰裡匍匐

驚惹寒色　流淌成──

一道未揭謎底　卻　奔竄馳行

秋收　冬藏　藏著夢囈玄冥

夢漣漪一個接著一個驚奇

美麗傳說一波一波迭起

似河的清澈　卻見不著底

而妳宛若這深奧的謎

只見岸的迤邐

卻未能見著　無邊地緊繫

看著我　好嗎

看著我　好嗎

就喜歡你這麼說著

多少柔情蜜意呀　我嚐到了

輕輕一句　竟已撩撥我三世情

就喜歡你這麼說著

看著我　好嗎

近近遠遠裡

真如夢的飛行縹緲間

有你的輕輕攬

隨著你的笛韻悠揚

直叫我心　跳躍　飛翔

靈歌入夢

我汲一口清涼意

鋪織一襲寧靜

讓情愛的緊張度　降為零

與你緩緩轉身

徜徉三世悠悠情

其實我們一直相逢意識裡

亙古纏綿　早已無數夢迴

綿綿情意　盡在無塵裡

靜夜獨對天籟　星輝熠熠是我們的美夢憧憬

窗外夕陽溫柔以對　是我們的脈脈含情

我們以很不一樣的方式互通情意

以心靈應和　以夢囈輕喚　以靈歌入夢

記得嗎

我總將相思　泊在

你床頭風景

與你繾綣心魂

詩連漪

淡淡歲月　悠悠過了一世紀

依稀又聽見　你拂送三千里情韻

汩汩纏綿的調　裊裊清音

正激盪著我滾熱衷情

叫我如何不盪起層層波紋

與你詩連漪　漾漾繽紛

夢裡貼著你的剪影

海底深地刻裎我心

我們刻上甜蜜溫馨

相依偎走完靈魂旅程

親愛的　好嗎

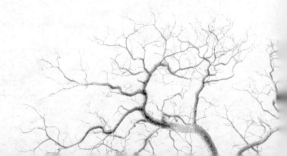

別夢寒

擦亮沉寂已久的心

捻些情蜜進來

盡一壺月光酒

別夢寒

曾經可以飛

現在也可以逍遙

我流浪的心　無意再飄搖

因你的愛

你的輕輕攬

你濃烈如酒的情

現在

只願躺在你的溫柔鄉

寒天風情

又是翔翼翩翩伴星月　可醉蝶

岸邊不知名花草　不捨泉源　依依辭謝

楓紅離樹　以飄逸千載之姿　旋飛告別

默然山頭熾熱熱　彷彿也癡等今冬雪

儼然冬之林　意欲一番飛颺狂野

即將披靡靜極大地　嗤笑咧嘴

似鬼魅　似笑　又似哽咽

過了今寒夜　是否還能抑揚笛韻

吆喝鼓動著跳躍的心

恭迎大雪紛飛　刺骨來臨

就且觀雲　如何地再聽泉　再長吟

看荒野一片　如何地披上白銀

冷冷的天總會有別樣激情

就且讓風　從大地飄向天穹

從遠古飄向今日情

幻化出一派蒼樸優雅風情

星輝盛典

晚照霞輝　蕩漾半天邊

天際無盡　亙古綿延

落葉一地與風繾綣

雁陣南回　振動雙翼詩箋

頃刻間

靜夜黑袍已沉甸甸

月亮女神遙遙望見

你堅實地把腳步大大向前

深深呼吸　甦醒與沉澱

感悟大宇宙無語塵寰

向來的迷霧即將驅散

和風輕輕吹　吹過跫音夜闌

明日的第一道陽光璀璨

會是今冬的的星輝盛典

多情溫柔

昨夜夢裡

有你的多情溫柔

你說絞盡了風華

以為我多麼婀娜媚人

萬萬想不到

原來我只是鍾於平凡

任雨露輕灑　隨風搖曳的朱槿花

你又說

五片心瓣　五樣情懷

天真　純潔　認真　浪漫　多情

正醉你心魂　蕩漾你情懷

我說　任歲月風霜如何地侵蝕

我都抵得過

只要無心、赤子心親近我

你的一句溫柔話語

就能讓我輕易過寒冬

慧翦

風葉露穗　飛鳥漫天　娓娓吹來一曲清籟

誰落了一地繽紛　晃漾我波海

甜蜜言語　音弦柔柔　浪漫我窗臺

我緩緩步上　把心門敞開

窸窣剎那間　見你振動雙翼前來

有無限風采　享用不盡

白的　紅的　黃的　綠的　美極虹彩

有季節性的　沒季節性的

一空彤雲　一片雪白

連一方朦朧地帶

也都鋪滿　醉遐思

那一樣不是你的輕輕慧翦

香溢林間　滿懷心坎

詩意入天聽

你說今生還我情話千百句

寫到詞窮　寫到不能呼吸

可知　差點沒笑破我肚皮

連這笑意都可以流淌一地

不是雨滴　是狂喜飛奔的淚水

歡喜撐傘等你　多麼富詩意呀

綿綿細雨　伴著一顆熾熱熱的心

風自遠古吹來　有你的親吻

是凝一世紀的相思淚痕

記得

你總愛一片靜謐卻撼人心弦的秋聲

也愛極

裊裊炊煙　好似煮沸了相思　向上騰空

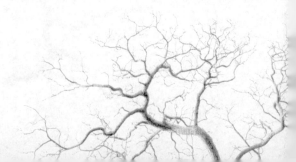

然後

將藏心底的秘密　翳入天聽

連晴空裡的雲　都要開懷送溫情

多情的你嚘

澗泉裡的楓紅

都要為你燃燒一片黃昏　入夢

舞出美美心靈彩虹

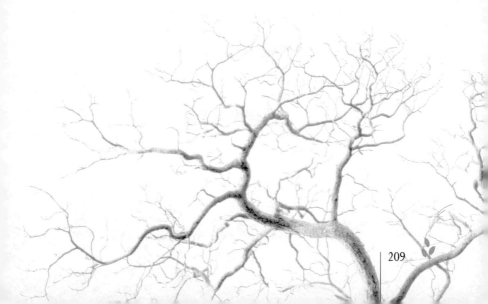

忘情小調

收集你送來的山嵐

我趁萬點星光閃閃

叫醒枝枒上的每一詩篇

有鴟鴞的的詭譎眼神

有流鶯的磁性嗓門

有夜精靈的漫飛浮沉

輕輕吹弄著悠悠笛音

那山羌與山豬　是如何的鳴聲呢

這回答就交給夜的寧靜吧

還是喜歡傾聽　你的柔柔小曲

好似小河呢喃低語

留下忘情小調　然後瀟灑離去

一路揮別　往事摺疊憂鬱

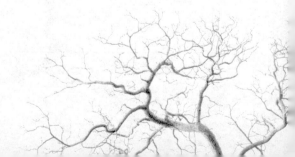

醉入冬藏

你這仙子一下凡可真忙呀

惺忪萬物都被你點醒了亮光

只是此時的天　雲霧茫茫

見不到月亮羞澀臉龐

如何送上桂花釀

我想

只要過了這個冬　讓春天來忙

一聲鳥鳴　就能綻放出片片嫩黃

且就悠遊漫步上庄

東風來　天空將布滿天真翅膀

會剪裁出最美的田野風光

水姑娘的芬芳也會輕輕蕩漾

這寒冷的天是擋不住季節性的生長

春暖總會花開　就貪個醉　醉入冬藏

真愛依舊

親愛的

讀你的詩箋　習慣在睡前的一刻

因為我深知夢的語言與節奏

那可以將你的溫柔　流轉夢宇宙

夢裡平原會有萬點星子飄落

將感受到一陣的輕盈　有無比的快樂

我曉得那是夢仙子灑下的癡情果

滴滴豆豆　滴滴豆豆

訴說著　彼此的尋找已許久

我也靜靜向月亮姐姐祈求

不論冬夏如何送走春秋

不論落葉如何的老去成愁

只想與你無數世紀來綢繆

詩情依舊

浪漫依舊

真愛依舊

愛是甚麼

親愛的

愛是什麼　愛能是什麼嗎

真被你問倒了

只知道心中有你的好

只曉得將你的詩入夢

然後夢神就會為我們的愛編織花環

也不知道下一刻會發生什麼

只曉得愛本身會去愛就是了

我是什麼都不知道也

但愛會知道如何走　這是我深信的

我真愛裡的星星　會讓我夢墜你的深情

星星什麼也不能做　可是星星知道愛是甚麼

愛就是——

胸膛好像裝不住我的心

我的心好像不再屬於我

是屬於你

如果你要　馬上就給你

不要禮物　不要你對我好

也不要你證明甚麼

我只要知道

你愛我

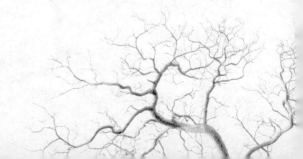

希望

輕啓眼簾　翦來一片鳥語青翠

貼進你心房　你以為是綠意

是一聲驚嘆　直叫好甘甜

不希望你

默然含笑山頭　只會癡癡戀

任水姑娘的輕盈　悄悄過溪鳴潺潺

儘管秋風落葉如何的繾綣

儘管風箏雲霓如何的纏綿

又儘管海浪岩石如何的眷戀

都不若

你為我的取暖　雙手捧我容顏

可知

晚上只要有流星的我　劃過

就有白天蝴蝶的我　舞翩翩

愛的印痕

你的溫柔繾綣　映入我心　無底的深

想你的好　想你的相思一泓

恁有風無風　夜月是否伴星空

你知我的眷　我知你的戀

心靈感應　愛在心間　日夜暖流潺潺

山青　水青　總關不住窗外鳥鳴聲

串串回憶的清澈　映出前世景

你歌聲　我舞影　一掠而過永恆

多少浪漫傳說　劃過無限時空寧靜

與你盡一瓢瓊漿甜蜜　別寒夢

如今只想醉在一曲絕唱　纏綿你心魂

無塵的我們　可以飄逸　可以刻下愛的印痕

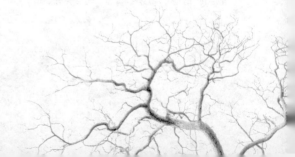

煮沸的相思

你說煮沸的相思　就有了愛的味道

是呀！　好似心中有一把熊熊的火正燃燒

有一個希望　等著浪漫來繚繞

裊裊上升的甜蜜　是我為愛痴狂的輕噎

我因你鋪設的晚霞風景　願流浪遠方

恁風大雨大　天宇如何的晃蕩

我深知　日落的深處　會有你在身旁

如同我對生命的信任　它總會為我散放芬芳

可知

我心底的詩情　是為你而醞釀

在無雲的晴空裡

有你為我潑綠　綠的晶亮

在秋意瑟瑟裡

有你為我染紅　紅得熱情奔放

一抹溫婉

你揉出的每顆心思

熟透了相思　我典藏於四季

莫讓時間燒盡這相思意

任逆風也難撕碎

黃葉紛飛墜　我心仍巍然屹立

於生命魔力樹上　如此堅定我倆情誼

雙人曼妙舞步　如秋風繾綣楓葉

也如　潮汐起伏之於月的圓缺

廣袤天地間　一抹溫婉涼意就能醉月

願我心永遠　澎湃你的溫柔季節

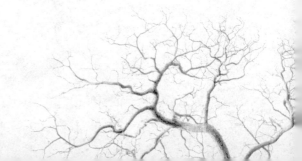

濃情千萬千

夕陽落款一幀　感念你濃情千萬千

平滑如絲綢　典雅向晚你一流清淺

愜意淨藍　濃濃情意

鋪織一襲遐思夢幻

迷塵斑斕　有你愉悅輕喚

似秋天初醒溫柔

似楓紅深情遺留

傾心你入夢的一夜長流

讀你

若月光如銀般的傾瀉

淚水譜就的琴音

與你意識裡

私語竊竊

悠悠獲得釋放與排解

溫暖的手

昨晚夢見你話語溫柔

要我多添衣　多吃水果

擔憂我著涼感冒　煩惱多

若病懨懨　會讓你捨不得

心疼的心情　起起落落

我說

愛裡的折磨　不會有痛　是歡喜受

即使生病了　也是為了填補遺忘你微恙的錯

確實是好冷的天　外面下著小雨　濕濕答答的

我的心好似雪落　全身由不得地顫抖

親愛的

其實　此時最需要的

是等你

等你給我一雙溫暖的手

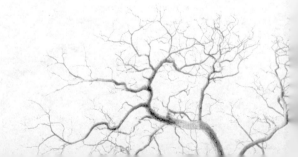

圓緣

最愛你醒在我夢中

我們可以任意古今來回穿梭

乘著愛的翅膀

翱翔於不同次元時空與你騎駿馬

坐飛鳥　駕光波

那兒的雲彩　為天空畫圈圈

山鵲為花蕊細細調弦

我要揉一片飛絮　放你心間

然後笑而不語　看著你的醉　悄悄浮現

再遙請海尼兒女神

為你醞釀一抹彩霞

裁成一襲飄逸優雅　為你披上肩

我要與你一起墜入夜的愛戀

群樹為我們貼上煙嵐

星子為我們收集柔光點點

月亮姐姐也為我們默禱

圓一段塵緣

依舊如熱戀

你在夜空點綴濃情

好似一面無邊夢鏡

望見我如何的喜歡被你發現

總是故意躲你躲得遠遠　遠遠

好讓你的心　緊隨我牽繫又繫牽

當月兒慢慢挪移

傾慕的雙翼　振動著醉迷離

原來我們相識了好幾世紀

無言映心　也是那麼熟悉

於晚涼吟唱星光詩意

意識來意識去

可以是瑤池仙境　也可以只是最初的默許

你說　有一天會因為想我而憔悴

聽入的我　好似小鹿亂撞

意謂情的難捉摸　愛的善改變

你很難想像我心的纖細敏感

心如熱鍋上螞蟻的慌亂

不知如何是好 ……

祈求阿夏女神

把我的心　燒成火焰

過了無數的一百天　感覺依舊如熱戀

我要把愛鋪成藍天　讓所有的不安

能溫暖入眠　即使命運一再改變

流過的淚水　都能留下一份甘甜

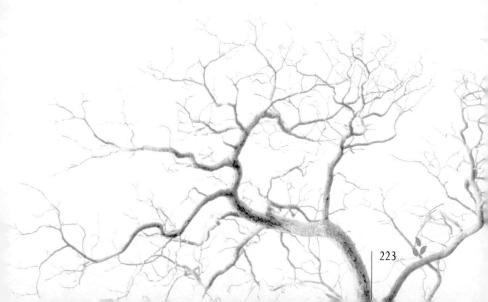

覓殘香

天濛濛灰　風聲如昨　簌簌呼嘯

輾轉一夜　見君又起早

嘆初熟的夢　馳念燃燒

我忖度你意念邊角

伊人細語　溫柔繚繞

詩意翩翩又廣袤

這似懂非懂的生命　情正難了

又是獨自覓殘香　增煩惱

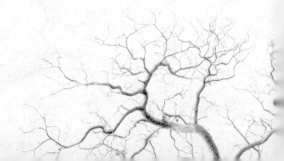

楓紅成趣

昨夜寒月　萬籟無聲　夜深靜寂

愛河正靜靜地流淌　湧動著星稀

隱約裡傳來凝空迴盪　一聲嘆息

寧靜裡的細微　無法用物來比擬

我很清楚那是

你落在空無裡的蹤跡　我的尋尋覓覓

我也很熟悉那柔情滋味

雖一望無際　卻輕易就能捕捉到你

一絲一絲的氣息　全留在意識裡

我典藏成我的秘密呢！

愛人的每一個思念　流出的綿綿密密

都能印記我心湖裡　化成悸動漣漪

親愛的　在愛裡　心電感應好神奇

我窗前　薄霧的氤氳　雲霓的含蓄

傾瀉的多情雨　都是你落葉砌成的呼喚曲

繚繞綿綿無盡期　一個呼吸都能楓紅成趣

守護思念

好無奈的一頁歸宿

請誰續篇章　來勘誤

風雨總惹紅燭哭

星子雖也為人淡淡梳

愛的風鈴卻也只能繫於旅途

在夕陽結局裡

總會來一場淒美擁簇

紅霞滿天　卻暗藏蒼涼亙古

該請誰

將迢迢思念守護

眼看這窗前桂花樹

似夢的小花正開

濕漉漉中　隨風搖搖擺擺

它想串成一闋詞兒　多一些些色彩

然後善等待

等待緣深的人　青睞

雲

你我都是　那朵雲

霏霏飛在　風裡雨裡　同時飛在　你心底

猶如奧修　深深又深深　藏在　我意識裡

一棵沒有根的　樹　原來是那飄飄　行雲

沒有界限　沒有綠卡　處處卻有　宇宙心

山有　春夏秋冬　月有　陰晴圓缺　兩相依

綠水潺潺　繞晚山　捨不得　那月的捨離

傻孩子呀！

人的名字　愛講道理　給風聽

一人獨倚　青山綠水　卻有

所有人的　情

讀你

我就是知道　你懂

讀你　即使是在風霜中

無疑地　也能讀出秋天初醒的溫柔

我曉得　楓紅是你深情的遺留

親愛的

你也聽得到　我的心撲赤撲赤地

只想將藏不住的想你

託於花唇　摺成蝶衣

呼喚季節的風　讓你醒來的清晨

是甜甜的、香香的

能如神仙魚般的快樂

祈請碧樹青青入你眼底

娓娓唱出一曲無聲之歌

為你哼著生氣勃勃

如何知道那是我呢

請望向　忽遠忽近的雲霓　含情脈脈

生命甘泉

遠眺遼闊光景　黃昏款款走近

雨後的灰灰濛濛　難掩你鋪設的彩霞天空

感覺心離蒼穹不遠不近

風徐徐地吹並不冷　有你捎來的音聲

想掬一把生命甘泉與你啜飲

眼前晚照迷人　縹緲著風中微塵

是想你的心思　迴蕩著繾綣　想與你追夢

回首往事　朵絮澄清明淨的心情

驚覺歲月飛逝似流水

不怪年華無情　因你給的愛情可貴

儘管生命裡有許多的是與不是

交錯雜陳　正好於此時　可以細細品味

人生如何著墨

淫淫澀澀聲息

淒風苦雨堆積

愁了我心　滿滿雪跡

千秋僅一轉眼

今夜卻好長　長至久遠

枕一縷幽思

撥一夜潮水

愁懷託冷月

聊記相思一醉

總是忘情詩語無限

有時無思也無言

只是呆呆望藍天

起承轉合人生

如何著墨　如何纏綿

多一聲　少一語

無礙情意翩翩

依戀在你身旁

你為我書一首星月美麗

又畫一頁竹影　滿懷思念搖曳

已在翡翠湖上泛起漣漪

富禪意　像碧樹上的露水一滴

落於林間　成了一顆閃亮亮的希冀

於夜夢裡　你我時空逶迤　追逐嬉戲

淺斟吟唱　時而浮沉　時而跌宕

時而陶然　悠悠琴書樂章

與你詩情畫意　音聲琅琅

遇見你　我的心怦怦跳　有你尋芳

輕扣我芝蘭　走入我心房

這寒冬　我也拚一樹幽梅香

靜悄悄依戀在你身旁

長歌楓景

長歌楓景　深黯山言水語呀

玄妙裡　有一股鄉野清涼意

來自古今　泉源醞佳釀

瀑布傾瀉　也要流連唱響

為此地風情　釋放芬芳

有時雖慌了情思

劈面而來　帶些些蒼涼

跌宕了我意識飛天流浪

芊芊青青草　宛轉寓愁腸

冬陽暖暖　暖不過你詩意激盪

有著淡淡香散放

溫婉如月　灑一地光的晶亮

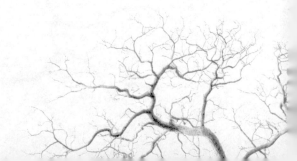

情意葳蕤

捻你溫柔字句　情意葳蕤綿綿

纖細地揉成一絲一絲愛戀　編織成一襲暖暖衣衫

灑上你喜愛的幽香　蘊藏著浪漫奇幻

我將它沉入幽藍月夜裡　漾著繾綣

於星芒上　為你刻入我的許願詩篇

與你天長地久的促膝長談

再將你落葉砌成的心放入我心坎

直到永永遠遠　真愛的兩顆心不再有變

我們在愛的打穀場裡獲得了淬煉

從今起　神性的微笑會綻放滿園

當月兒緩緩淡入　伴星空徜徉

我們可以一起乘小舟浪蕩

可以悠悠在棕櫚樹下臥躺　可以共飲甜蜜瓊漿

也可以捊一些些柔光　於夜晚進入恬淡自如的夢鄉

我們是可以有這麼愜意的期望

唯願很深地信任　生命會圓滿散放芬芳

幸福的味道

讀你　在夢中

一個繽紛的場景

正等待你剪好的紅心

輕輕悄悄　有些勾魂

恍惚裡　掉入我為你鋪設的夢

夢裡有紅顏綠貌　千奇的朦朧

隨著正趕趟兒的花　流瀉出悠悠琴音

想你的滋味　有令人難忘的輕狂

乍停的雨　也要再度浪蕩

晨霧更是迷出了一抹濕濕陽光

親愛的　你看！

輕舞斜陽的麥穗　寫著瀟灑詩章

在冷冷的天　也能犁出一片金黃

聞一下！　沁入心脾的草香

那是幸福的味道　掠過你我心房

幸福的味道

醉心曲

喜歡與你靜靜聽冷雨

聽滿園花兒醉心曲

夜深時　歡唱我們的小秘密

你一句　我一句

月兒笑你痴　星星說我只會打趣

冬天的雪　也在長歌後　劃下冷語

只有你懂　滴落我心頭雨

只有你望見　對月移秋千之影

有時看著雲　亙古紡織他的夢

風與樹長年輕輕吻

流水溪石一世紀的不願醒

親愛的

我們是也不是這般纏綿呀

花謝了　還眷戀著讓他生長開花的泉水

草枯了　還惦念著讓他碧綠的小雨滴

當我們不再旅行　是否還能如此甜蜜蜜

住在你心坎裡

打開沉寂已久的窗扉

我們夢中謎一般的相遇

絲絲縷縷　詩情話語

把天地染成一色的酡顏

任流水逝去前世繭

今可醉香　枕星月酣眠

你說　我是如何知曉

你是帶著我的愛行走大道

我就是知道呀

親愛的　莫忘了　我一直住在你心坎裡

只是你一不小心　放逐了愛到邊緣

留下愛的殘影在我氣息裡

一世紀又一世紀

我尋尋覓覓　託風足跡

聽見你柔語細細

今真心繫念你　幻夢也醉迷離

是愛的神奇　是神秘的一

愛你的本身

夢裡風兒輕輕吹

吹得滿園花兒醉

是誰呢喃柔柔守著夜

請看星星眨眼向新月

親愛的

我們都找不到「我的愛」了

因為眼一睜開

愛早已滿溢在風中、在雨中

在任何看得見的、聽得到的

也在任何看不見的、聽不到的

你的絲絲氣息裡　滿滿都是愛　是溫柔

每天喝足了神祕　可以輕輕抖落煩憂

愛你的本身就是個奇蹟！

讓我們的每一天都是神奇

醒來的每個清晨　甜甜的　靜靜的

蒼宇中的韻律　也能輕盈百轉又千迴

平凡的神奇

拾回曾遺落的故事　朦朧裡

白色姿影盡情旋轉　舞蘇菲

亙古久久遠遠　旋天旋地　日月來相依

喚醒神秘的一　蕩漾你心底

繫念情迷　分秒不曾與你分離

夢中影幻　時遠時近地靠近你

讓你依稀只見模樣熟悉

綿綿情意　好想親近你　投入你懷裡

不料生命重重難題　不可測知　深如海底

一念懷疑　倏地飜飛　一躍八萬四千里

與君再度生別離　如此輾轉好幾世紀

深情牽繫　尋尋覓覓　傷悲又哭泣

月姑娘憐我癡情意　不忍見我狂奔淚水

流淌一地於夢裡教我善等待　年年月月

等待新月升起再升起

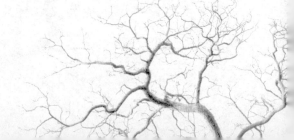

儘管綿綿細雨如何地風中搖曳

儘管等的只是一個縹緲希冀

儘管那是一道揭不開的謎底

仍要相信自己的堅定　真愛裡有唯一

月缺月圓　月圓月缺　生命知道這平凡的神奇

雨後陰霾散盡　也必然會是彩虹一道驚喜

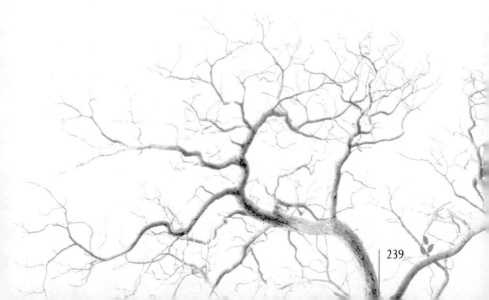

你早在我心底

在你臂彎裡　藏著一個夢

一個心思迴盪　刻裡著縹緲清風

風來春雨　我們一起賞花落

霏霏細雨　落下點點愁

和雪落一樣　黏你身上　絮絮思念朵朵

親愛的　還記得嗎　曾經的一次生命錯身

百千沾雨花瓣　冷寂落入小樓沉沉

總在午夜夢迴時　飄落心底

哭泣碰撞著傷悲　落了一地嘆息

醒來又添了幾許相思意

有時恍惚中　與夢一起迷失

迷失在空蕩盪夜色裡　好似一隻迷途的蝶

慌亂斷了翅　卻使力想再飛　飛上思念不凋的枝

望拾回一抹輕塵　雖無喜　卻也能漾起　空無漣漪

一世紀又一世紀　只為尋你

最後恍然發現　你早在我心底

詩蕩漾

有一首詩　浪漫在你的腳步輕盈

叮叮噹當叮叮

訴說著一世紀的喜相逢

將它瓶裝古今　詩成蝶夢

三世花魂都因你的青睞緋紅

迷濛你的風帆　浪跡你的未央歌

一曲戀舞　熱情也朦朧了月色

來去相思意　無須多琢磨

情溢乎辭　流淌過去現在未來河

轉瞬間　跳過三重飛夢

窗外雨濛濛

是新夢青　還是舊夢濃

總是迷醉深潭中的擺渡

傾聽潺潺醉濃霧

雖然舊歌再唱　依然如星光的碰撞

無聲卻蕩漾

無限耐心

你向幸福借來一個枕

要與我　共枕夕陽　共枕天涯

然後輕吻我　讓幸福永遠甦醒在我們的夢裡

我也要向耐心借一個無限

讓無限耐心發生　那是一團燃燒很亮的火焰

優雅沉靜將在我們的愛里發酵

神秘融合為一

突然我們都被神性的光芒點亮了

所有的黑暗頓時消失

留下來的是永恆的生命

一切的發生非常的自然

如同春天即將來臨　花朵即將綻放

雨露來前　雲將會佈滿天空

整個大地的干旱也會消失

這時　我們可以聽見和諧的旋律

可以聽見寧靜聲音奏出自己的音樂

回顧

沒有人可以為他人解夢

我無法做你的夢

如同你無法寫我的詩一般

但可確知的是　靈以柔順的力量

一再呼喚你　以一個你深愛的幻象牽引著你

即使時空一再轉移　它始終愛的是你

守護著你　一刻也不分離

它會引領你經歷所有的人事物

它會讓你嘗盡百般滋味

它會讓你哭天喊地

最終要你接受是與不是

它總是下手這麼重卻很溫柔

直到你回到它的懷抱裡

從此不再分裂分離

真摯繽紛

銀河外一顆星　有我的深情

凝眸晨曦山嵐　漂泊有夢的詩魂

飛吻著浪掏沙　愛戀海的風景

任憑波濤晝夜洶湧

仍繾綣你踏過的腳印

岩石沒有你癡情

星星學不會你的眨眼睛

音聲柔柔　情話綿綿　迴盪雲層

海風吹不散你沉醉背影

於秋水泱泱　雲海蕩蕩　為你寫下這刻骨銘心

我要種一棵紫荊樹　拴住你心魂

請春神給一季希望　讓我將你埋藏深深

迴向夢中彎彎彩虹　湛藍湖濱

即使冷冷北風吹　也能吹出真摯繽紛

甜蜜詩情意

歡與你甜蜜詩情意

恁雲彩一朵　是否有歸期

琴音是否繚繞高山流水

夜月是否濃在寒夜裡

與你流浪三千大千意識裡

永永遠遠都在一起　再也不分離

小語百千萬億句　含情秋水　脈脈春季

天崩地裂　也扯不斷這一縷相思意

我們可以不發一言　不著一字

自由十方來呀十方去　全在一點靈犀

彩虹為你絢麗綺思　花兒為你繽紛美麗

溫柔暖語　為你輕輕吹送　一世紀又一世紀

難以磨滅的印記

你花語中的愛　已經完成了美麗

正等待我的相知相遇相惜

意謂我的愛尚在風中搖曳　要如何回報這情真蜜意

如何在沉靜角落尋找到你幽冥的呼吸

又如何能不生退轉心　與你長相在一起

愛真的迷離　本身就是個謎

情之所繫　每每風波起漣漪

或許須倚賴你的溫柔來甜蜜

生命為了創造神奇瑰麗　癡情一片心

總得禁得起　風霜淒厲　雨雪敲擊

溟濛輪迴好幾世紀　愛過頭

就想躲在厚塵裡喘個氣

有個陰涼角落歇息　愛不足

痛的往事又枯萎在年歲裡

只能呆望纏綿飄落的記憶

愛裡總是有這麼多的矛盾問題

愛的是與不是　一次次刻下難以磨滅的印記

想念！

向晚時分　新月似一葉小舟　閒逸西天

我倆又可以浪蕩夕陽落處　肩偎著肩

說好共枕黃昏　共枕天涯

隨意翩飛　流浪到海角天邊

享盡你的溫柔細語　愛煞你的故事與詩箋

羨煞你能歌善書　能揮毫萬千　能撥動我心弦

願與你乘風而上　跌宕雲端

手牽手　讓黃花點點也浪漫

柔柔如水韻　溫馨能成恆久驚嘆

我倆清風雨露相逢　即使短暫

我卻深知

愛的風景裡　唯獨你讓我默默再三

想念！

愛的迴響

會意

你將千千萬萬個愛

幻成星星伴我入眠

還令冷風不要吹

讓夢能暖暖醒在我清晨

當我醒來時　夢正濃

窗外薄霧絲絲雨　早已幻化成

一湖醉人的浪漫　似煙雨濛濛山嵐

人間雖迷惘又短暫

但愛裡的風景　唯獨你最燦爛

我們以心印心　即使默默無言

也能流出會意的愛戀　無個人蹁躚

可以無羈　可以無悔　可以無糾纏

這是不是也說了我就像

波斯菊的浪蕩田野　朱槿的搖曳路邊

也如你所說的　更似平凡

流水火焰

生命苦樂參半　　悲歡也一半

是與不是的課題都得參

感覺愛很容易　　要定義卻很難

每一段流水　　都留下一個火焰

你我的相遇絕非偶然

雖經幾世輪轉　　只因一繫念牽

我們總在同一個舞台上　　不斷地演啊演

同樣的情景　　三世繾綣　　你歌聲眷戀

我舞影纏綿　　幽吟賦詩篇　　調笑西風梅蕊

如今回味　　有一份甘甜　　深讀的寧靜

安詳的冷淡　　一望無際湛藍天　　是我們的搖籃

一片無垠草原　　可以是山澗甘泉

也可以是山中春曉浪漫

我們一起艷舞　　一起滑過琴鍵

雨餘芳草斜陽外　　一縷輕煙溜湖邊

又見你　　淋漓醉墨　　龍蛇飛落蠻牋

彩雲之南回顧

晚霞平滑如絲綢

山色如黛漠然

　一行人就像孩般天真

啃著偌大的硬底水蜜桃　就等著夜幕降臨

彩雲之南　上點蒼　下洱海

一次多麼美麗的歡聚

從不認識到不捨分離

有多少因緣在那兒完夢

多少懷念　多少回味

能如一條小溪流　述說彎彎曲曲的故事

幾年後　激盪悠遠的笛聲

依然湧上心頭

那海的流線美　已在我悠長的夢裡

輕輕敲響於靜夜獨酌醉月時

大夥兒過街市　穿民巷

有小橋流水　有湖的恬靜

有月的皎潔

有星的睿智

最愛楊柳依依麗江水

合影於風情島上　宛若雲中仙

如斯美妙難忘情景

於無月的今晚

只一顆晶亮的星

燦爛一頁

幕幕浮現眼前

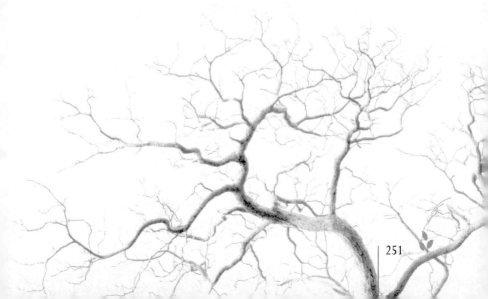

乘夢舟

與你每夜乘夢舟　浪漫意識海洋

為你剪影晨曦　貼上你心房

靈秀逸美　輕輕奏出

神秘樂章！

用雪絨的白　溫馨綺思　繽紛你夢想

灑點橙花香　等你來　回響！

加點檸檬薄荷　為忙碌的生活

注入能量！　再請秋水月姑娘

洋溢玫瑰香　泛著心潮月光

將你為我說的故事　浪漫到天上

編織緊密的網　我可要將它秘密藏

日夜吻你詩中膚香

情思蕩漾！

再於夢中　細細聽你為我吟唱

我想讓寒冷梅花　一朵朵為我們綻放

那是生命芬芳　存在唱響

神性的微笑

一切的一切會愈來愈好

大自然生生不息　靈魂不死永恆

無常意識無死無生

萬物念念成宇宙大夢

一念一宇宙　萬念無極永晝

人法地　地法天　天法道　道法自然

自然又應萬念而生　如此蛻變而後再生

佛說無常　一切唯心造　乃不虛真理

既是起於心念　唯願心念是光明本體現

念念清淨修　清靜觀

覺知一切的一切會愈來愈好

風雨人生難免　時過境遷

雨過會天青　雲開會現光明

Willing這一念不可無

可撼天地泣鬼神

乾坤也因人的意念　朗朗清清

一切俱足

一切俱足　不假外求

耐心地等待　待適當時機來到時

會像春天來臨時的百花怒放一樣

且輕輕抖落煩憂！

有時候我們睡著了

有時候我們清醒了

就算是成佛也不應該是個過重的顧慮啊

它的到來應該是一個水到渠成的自然現象

一切都會是最好的時機與安排吧！

煩憂多慮反而又多了一層阻礙

一切答案在靜默裡！

一切答案在靜默裡！

能見到自己的佛性

才能見到佛無所不在

能見到自己的真

才能見到真無所不在

能見到自己的善

才能見到善無所不在

能見到自己的美

才能見到美無所不在……

能真正愛自己

才能見到自己真正的愛人

能深入寧靜

才能了解一切音聲皆是佛音

能深入寧靜的祈禱

沒有任何思緒飄過

意識湖裡毫無一絲漣漪

成了一面鏡子

全然的靜謐

此時

一切俱足

全體現

一份了解是源頭的關鍵

一個世界的形成有它的成住壞空

當一切進入蟲洞

在黑洞裡整合後又從白洞裡再生

沒有什麼會消失

只是形式上的改變而已

這山無稜　江水為竭會有這麼一個時刻

但並非消失

一個冰河世紀接著一個冰河世紀

只不過是一個片刻接著一個片刻的延續

想想昨天的自己與明日的自己正延長著

是過去現在未來的線性時間

這一時間拉開的同時

廣大的空間也同步出現

在經典上常有這麼一句

一時佛在舍衛國……

這一時是古今未來的同時在這宇宙的廣大時空

這意識網的交錯如織

我們的源頭能不枯竭

只因這源頭靜水流深浩瀚如星海

一份了解是這源頭的關鍵

意識開時宛如一朵蓮花綻放

鑽石的面向一一呈現

你中有我　我中有你

光光相照相輔相濟

在這廣而無邊的意識芬芳裡

一夜美美的豐收

滿月時分的黎明即將醒過來

這可愛的夢也將彎身睡去

燦爛的夜空星辰

彈撥了一整夜旋律

月光、流水合奏著銀色海洋的盪漾

小河潺潺也讓小草醉了今夜

山為之朦朧　天空為之搖墜

是該曲終了

鳥兒開始合聲漫步林間

一夜美美的豐收

耳朵好似被軟軟的貝齒咬得舒舒服服

又是神奇一天的開始

穿越時空的綠色隧道

城市裡的腳步聲來　腳步聲去

呢喃　呢喃

一首小詩

有一首小詩　茫茫旅夢鄉

織一張飄忽情網

有雲彩的追隨淨藍天堂

有煙嵐的朦朧山崗

也有花葉的無心歡唱

詩心綴

靜邀星辰共徜徉

見鶯燕漫漫枝頭

叮咚跳響

蜂蝶也呵呵躍上池塘……

驚嘆夢宇宙不再是　渾沌九垓八荒

偶成的小語　就只是一鬆手

便隨落日　歡欣失速墜洋

等我的那人　就在那道上

一顆不開花的樹

一顆不開花的樹

飲盡寂寞的芬芳

風來時就笑一笑

雨來時就哭一哭

風雨來時就飛舞狂嘯

無風無雨也樂逍遙

無聊就藍天望一望

望見自己成了沒有根的樹在天上搖一搖

星星見了有點苦笑

夜深寂寂時

就對月亮朵絮朵絮

一顆不開花的樹

總是將花兒藏在

彎鉤上

人生路

向內探索　了知原來所有人都是自己

自己是那大宇宙

每個人都是廣而無邊的一顆星

每顆星都會閃亮亮

只因一時雲霧的迷離

待雲霧散去　又見閃亮亮的星星再度亮晶晶

善惡對錯分別心是那雲霧

你是某某宗教　我是某某信徒

我是黑白人　你是紅黃臉

你比較尊貴　我比較土

我是外國人　你是本地奴

……支離破碎撕毀了一片冰心在玉壺

娑婆迷離人間路　多彩也多雲霧

持一份觀者心且淡看又深入

人生來吃喝玩樂　順便盡盡責任

無須那麼嚴肅

又是月圓時分時

喜鵲望向雲朵

點停樹梢枝頭

成了會飛的葉子

又是月圓時分時

心海波濤洶湧的平靜更加鮮明

探勘內在進入更深的自己

這永恆的朝聖

人們可以登陸月球

卻無法登陸自己

是該放鬆下來的時候了

用安靜的本質聆聽內在聲音

一切都會如月的圓滿

讓我們在同一首歌裡呼吸

讓我們在荷花讚裡一起盪鞦韆

讓我們一起感受這宇宙的心跳腳步聲

懷著一份對存在深度的感激之心

在這月夜裡的寧靜況味之中

上千朵的玫瑰開放了

在這月夜裡的喜悅清唱中

上千朵蓮花的葉子也打開了

聽！

每一花瓣中洋溢著小夜曲之歌

你是否也願意為它留一點醉

六月天的詩意

六月天的詩意因你而濃厚

牛奶榕紅裡有一個人的天空

這又多了幾分風穿林過的輕柔醉意

薔薇飄落片片和著小鴨鴨的婀娜多姿

這六月弦聲回響不斷

淹沒了擎天崗山澗水流

文字邂逅的深情

恣意網海舞著意識綻放舞步

多到可以寫下有玫瑰色調的流浪鋼琴譜

我們一起漫在夏夜蹺蹺板上

伴著稚氣與月亮星星入眠

六月天如煙如小雨如秋之楓葉翩翩

笑意不斷

暮色蒼茫裡的翻牆而走是誰

任它隨夏日風箏飄搖而去

悄悄　悄悄　悄悄

15 海波浪

心海波浪多　糾結也多
累生累世的愛恨漩渦
又加深了這一道失落

舞文弄詩離不開的憂
化成一波又一波的愁
無盡無邊地鎖上眉頭

詩人詩語呢喃訴心聲
流轉百世守清波一泓
渴望念深念念能成真

有道人間自古有情癡
癡情癡意願能化菩提
覓得靈魂伴侶來相依

月圓時分

月圓時分登陸愛情

只有玫瑰花的喜樂

還有那蓮花的狂喜

像雲朵的來去自如

無任何界限的自由

可以瞥見

內在的日出與日落

可以瞥見

內在的白天與夜晚

可以瞥見

藍藍天空夜晚星辰

有了愛情

生命的每一個細胞

無理由地開始舞蹈

有了愛情

生命的每一個細胞

更近宇宙心跳音聲

有了愛情

綿綿愛意巧巧織心

醉入那未知探索裡

有了愛情

那麼親密那麼靠近

讓自己不再是自己

是存在整體的自己

叮噹抒情

八月午後大放晴　風鈴叮噹獨自在抒情

災情頻傳　鬱鬱氣息　濃霧上心頭

淒冷颱風的抑鬱　宛若鎖緊的眉頭

藏著一段情　不知如何等候

愁風愁雨　宛如干戈潦落後

是該停了　這驚心的狂風遊走

我以我詩來呼喚　至誠的呼喚

遙請夏神　來融心中雪

也遙請冬仙子　來送薪炭

風雨過後的明天會更好　依舊是一片藍天

儘管塵土飛揚　浩劫滄桑湧動

仍不忘我們的一千零一個夢

詩千首　將熱吻燙熟　還要將溫柔下酒

瘋螢火飛星　迎青蔥

雖摟不住山青　卻可摟住你的深情

生命的灼灼其華

在黯淡裡的歲月是存在給的神祕汁液

喝足神秘汁液宛如再生般

灼灼其華的水到渠成　這開悟也屬平凡

整個存在都在等待適當的時刻

它要我們的是莫大的耐心

要能善等待連樹都知道

什麼時候開花　什麼時候放掉所有的葉子

讓自己赤裸地站立在天空下

任風吹日曬雨淋

還是那麼的優雅地赤裸著它的美

在等待的時候是那麼的信任存在

深信枯葉飄落後

新葉又會在最適宜的時候長出來

新的優雅又出現了

而它的生命成了一個慶典

這又也是一次的灼灼其華吧

生命長河

千山萬水盡是迢迢的思念

真情流水繫著旅人的宿願

孩提記憶隨著茶香飄呀飄

夢鄉的芬芳是媽媽的擁抱

滂沱憂傷往事歷歷在眼前

小河喃喃低語千呼又萬喚

生命長河就是這麼捉弄人

任相思寂寞陪伴夜空星辰

生氣勃勃的樹

警醒而生氣勃勃的樹　有著豐富的內在時空

關心高度是他的宿命熱忱

向上生長向下紮根是他成長痛的表白

若不是樹皮的隨風彎曲

早已撞上了天空

樹天生的靈敏度　有足夠的判斷力

——不在暴風雪中開花

一向以秘密靜默的方式向天祈禱

悄悄地細語蟄伏的夢

用千年的守候　吐納一次

醉在存在裏的小花小草　出神的真長啊

蟲兒出神唧唧　鳥兒出神啾啾

腳步聲來　腳步聲去

但沒有一樣聲音能劃破

這綠眼的出神

立文字者不可不警覺

這等情景都在自己曾經寫過的文字裡。

如今體會了箇中滋味有感立文字者在抒發生命中的各種情緒時不可不慎、不可不警覺，每一字句都在寫自己的意念紛飛，這同時也在創造自己的實相，當下與未來的走向就在自己的文字裡，哀怨者仍持續哀怨，悲觀者仍持續悲觀，憤怒者仍持續憤怒，……。

真誠面對自己，允許自己放鬆緊繃頭腦，讓自己是誠實的、敏感的，讓自己感受多一點、笑容多一點、哭泣多一點、感動多一點……。

所有的感動只局限在人事上將難觸及到生命的真實面貌。

宇宙之音

望向潑墨式的雲朵藍天

與它一起發呆的同時

好似自己就是那朵雲

無國家邊界

無須綠卡護照

更無須去問任何人

這整片天空都是我的家

望不盡的安靜祥和與狂喜

沒有爭執　沒有混亂的產生

有的是滿滿喜悅的祈禱之聲

那份靜謐裡　可以聽見一首沒有聲音的歌

那份雀躍

可以跳一支沒有動作的舞曲

當下的清晰

像閃光像雷電直入生命存在的核心

這是宇宙之音的響起吧

守你情濃

飛天的雲聽著六月晴的祈禱聲
天使淚的羽毛飄落紅通的天空
鴻雁穿梭的往返來匆匆去匆匆
突來一陣黃金雨回應我的情濃

空寂心靈呆望著沒有你的蒼穹
任那詩人的戀筆也難盡相思夢
可這火焰晴正燃起了千縷離情
神樹下的我怎地盡是你的烙影

是誰多事惹了邱比特失去恩寵
情竇初開成了熾愛卻難圓綺夢
風中雨中的朵絮朵絮你儂我儂
點滴點滴梅雨是我繫念的初衷

自 由 飛 翔

有雲如蛇　奔騰穿梭藍天的昏暗

有島如龜　冒著似冷霧　令人快要窒息的汗

一夜間　狂風驟起　雨落如箭

日月星辰倒置　山川遊走大地

沒有人摸得著　老天爺要耍甚麼脾氣

這夜深人靜時

是誰喚醒　邪惡皇后的毒蘋果

是誰引來　大野狼的追魂索

蒼蒼渺渺　無助寂寞

難思索　百般錯

就且放過　不再因地果報探索

雨後仍天青　雲過仍光明

再為工作唱一首快樂的歌

只要願意待在這裡

就有美麗的神奇

全然活過　感受在一起的努力

哼哼唱唱都齊心齊力

聽過

颶風折彎青鳥的翅膀？

見過

迷霧曾凝滯友愛的波光？

天涯雖茫茫

總會讓有希望的人

自由飛翔

完全的信任

這一季的楓紅

如何掉落

如何滿溢山野與流水

這九月天　這十月天

一個沒有怨恨　沒有執著的天

片片不枯的葉

正享受這一場

美麗優雅逝去的醉

片片落葉隨風起舞　洋溢快樂的歡喜聲

慶祝我內心深處的覺知火焰正在旋呀旋地跳著舞

有一首偈：

「看一看九月　看一看十月

黃色葉片如何掉落　如何充滿山野與流水」

一片枯葉的掉落是一個驚喜

沒有怨恨

沒有任何的動亂

沒有執著

有的只是完全的信任

信任生命將會持續下去

每一步留下的是

優雅

喜悅

與光彩！

彷彿又來到神的樹下

縮小自己

彷彿又來到神的樹下

品嘗這一份深邃的靜心之美

有春天的新綠　有秋天的楓紅

有一棵松樹的感悟……

好濃厚的懷古幽情！

它們都來自神的故鄉吧！

細細品味曲直的優雅情致

一棵沒有根的樹總算找到了家

樹上的夢筆生花是李白的腳步聲嗎

枝葉扶疏上應有鳥鳴出神啾啾吧

或者蝴蝶的隨風翩翩輕跳著天鵝圓舞曲

來個蜻蜓起落青鳥的天空也是很愜意的

想像柳絮飛　點停樹梢上

像極了夏夜螢火蟲的提燈籠尋那蟬兒的蹤跡

喔喔！是下雨了嗎　怎麼讓我的名字模糊了呢

更認識自己

修行的路上

一路上須顛覆過去的舊思維

在丟棄的過程中

身體會有很大的調整

靈魂浸泡在身體裡

身心的蛻變是心在先

身體的狀況會隨之而來

所以生病是為了更健康

感謝身體的微妙變化

信任身體的智慧

它能把自己處理得很好

它最不能承受的只有一件事

就是心的不信任

心為身之主

當身體不適時

傾聽身體的聲音

不要扯它後腿

在夢中告訴自己

醒來就好了

常這麼自我正向暗示

身心靈的整合會讓自己更認識自己

放輪遠去

放輪遠去！

沒有四輪的急馳驚懼　　沒有紅綠燈的擺盪閃爍

有的只是飛鳥跟著夏天腳步　　親吻薰風一詩篇

放輪遠去再遠去

沒有叭叭的嘈雜煩躁、沒有街市聲的喧囂嘲弄

有的只是吓吓蟬鳴、滋潤著乾渴熱夏於山水間

放輪遠去再遠去的阡陌田間小路

沒有四書五經詩賦、沒有八股牢騷的隱隱繚繞

有的只是夕陽的腳步悄悄越過山巔尋著那夢園

放輪遠去再遠去的淡淡清涼

沒有案牘勞形沒有絲竹亂耳

更沒有心上霜、　淚千行的糾纏

微風輕輕吹、輕輕吹⋯⋯⋯

划落的僅是晃漾晃漾的綠波漣漪圈圈又圈圈

圈出心中的快活就這麼一個閒字了得

思念寂寞的傳說

恍若夢中緣牽

誰人又揮舞著塵封已久的相思羽翼

既非乘雲也非涉水

沒有路　卻真的來了

久違了這思念

早已荒腔又斷了弦

輕風這麼一惹

又把相思掛心頭

燦爛星空夜語多了絮絮玫瑰容顏

是吧！

何來彩鳳蝶橫越三世翩翩來前

一泣小千二泣中千三泣成大千

好神的傳說呀

是寂寞在前還是思念在先

或許季節與年歲的交替

也不及這寂寞的思念

柔和對待生命

四季遞嬗　時序有時

人的一生不也是如此的起落有致

呱呱墜地的嬰兒如春的盎然生意

隨著生命周期的變化

有如夏的蓬勃朝氣

有如秋的嫻靜甜美

更能在立冬後靜靜回憶

茫茫冬雪中　仍能動靜皆宜

沉澱無語的境界　深得寧靜況味

任一切掠過卻不執取

懂得輕挪步履

望還能篝一枝春　向天期許

期許未來的自己　依然柔和對待生命

雲一樣的編織自己的夢

荷香同夕陽一樣的醉人

而常春藤始終不忘吐綠

亲亲明月光

中秋月圓　家人團圓　同唱天倫梵音

這至美的一剎　垂落了成串星辰

許多亮晶晶的眸神

也在情歌浪漫上流唱

如詩的小花　淡淡香

縷縷飄入柔柔夢鄉

妳釀的天山水好清涼

女兒紅可會醉穹蒼

遙想有情人凌波遼闊天際上

共一輪明月光

多美呀！

新郎和新娘

活出完整的光譜

所有的一切看得見的、看不見的都有意識

意識間也可以互通

眼耳鼻舌身意是有相通管道可以相輔相成

也可以相濟

失去眼睛的人可以透過其他感官得到輔助

或許耳朵就特別靈敏

這可淺談似一道彩虹的你我

似一道彩虹的你我

身上散放著紅橙黃綠藍靛紫七彩光芒

這是人的美　也是人的困擾

人並不同於蟲魚鳥獸、日月星辰、林石花草的

意識定型

人有許多層面、許多向度

並不單純

是個蘊含神聖旋律的偉大複合體

本身就是一個可能性　是一種潛能

能瞥見意識

可以成為希望的神奇者

富有潛能的可能性具有不確定性

會有各種的焦慮與煩惱懸宕著

生命裡充滿了戰慄與挑戰

最終可能綻放生命的亮

也可能錯失這個機會

不論如何

一道彩虹的你我

得走入紅橙黃綠藍靛紫七個中心

完成身為人的神性

活出完整的光譜

為您賦詩吧！

為您賦詩吧！

今日窗外月兒嬌羞覷睞

且把荷葉香一片包著繁星點點

為您響起優雅的祈禱和弦

只為一次無憾的緣牽

雲河淡淡且和著玫瑰醇香浪漫

與您共享燭光搖曳蒹葭詩篇

讓閒琴悠悠跳響伊人柔情指尖

輕輕撥動滿滿祝福旋律

和著風緩緩流過這詩意夜晚

搭起馳騁的聯想來到鵲橋

甜蜜相會依偎在你身邊

為您賦詩吧！

為雲南仙境賦詩【一】

側身就能與大山耳語的神祕故鄉

一個能摸著白雲的天空

那如火燒的雲輕咬著靜默含笑山頭

稻浪為之翻飛

銀色月光為之朦朧

河邊小草也為之彎身陶醉

一個沒有名爭利吵的香格里拉

有著柔美的大地詩篇

輕舞著蘇菲旋轉音韻

於我耳邊輕輕蕩漾

是誰在月夜下

拾起月琴唱著古老情歌

是誰在白水河上

許下守候的諾言

譜上亮晶晶的美夢

醉呀醉！　醉呀醉！

這雲彩的呢喃

有著靜海沉思與呼喚

且就買一葉小舟

輕盪雲波

任風輕搖

為雲南仙境賦詩【二】

夢中依稀回到雲的故鄉

夢幻湖裡的記憶流水

藏有一片鳥語的撿拾

一把清芬的握住

更有一片空靈的芬芳

裊裊湖上霧

恍然

冉冉炊煙起

悠悠指向內心深處的幽幽小徑

拴不住的思念紛飛

與空中雁鶴翔飛

教儂忍不住

拾取飛英一片

靜靜邀請天上的雲朵來彩姿

念念露華濃

春風尚且弄花影

搖曳秋冬的青澀

重履這林間小徑

拾回些些叮叮噹噹

滿山的腳步聲來　腳步聲去

悄悄　悄悄

皈依自己

夜深寂寂	寂寞芬芳彎過來
跫音不起	時空交錯過百代
淚哭潸潸	回眸一笑釋塵埃
星空澹澹	月兒彎彎把情栽
情愛深深	輪迴萬年意識開
閃光雷電	疾馳穿越明鏡臺
皈依自己	香格里拉我發呆

皈依唯一

皈依佛　皈依法　皈依僧

皈依三寶　皈依唯一

唯一的自己

一真現　全體現

開始與最終的相遇

冬天與夏天的融合

畫了個圓　入了空無喜悅

鏡中你　鏡中我

鏡中的我和你　甜蜜蜜　恨集集

鏡花水中月的知情意

假假真真　真真假假都有涵義

都是靈魂的把戲

硬給的生命課題

兩人行　一起修

修行悲歡喜樂　箇中的愛怨情愁

妳是他的靈　他也是妳的靈

對等人物　生生世世　跳著月下雙人舞

牽你的腸　蝕你的魂

課題無盡呀　甘願受歡喜受　不容易

轉移焦點　擴大視野　暫且放下

交給神聖的自己自行處理

那是祂家的事呀！

秋日小詩

原來　情歌微恙

得喝金風秋露湯

我要詩一首　為你唱

愛你愛到地老天荒

為你拾殘月　補破網

永遠依偎在你身旁

抑揚琴韻　千年傳唱

情人湖畔　儷影雙雙

再為妳詩唱一章

與妳讀滄海　讀太陽

攜手浪漫情深海港

探戈　慢──盪──

釋輕愁　吹走淡淡憂

詩心依舊　遐思依舊

我心依舊　琴韻悠悠

穿越靈魂的軌跡【一】

每個人都是真心感應器

都是天上的星星

只是心碎的星不能閃亮亮

直到再把真愛找回來才能再次亮晶晶

意識宛如一朵千瓣蓮花

每個人都是個多面向的鑽石

每個人都會在我們身上看到自己的樣

感覺就是答案　感覺告訴你自己是誰

真理一直都在　不曾消失

但每個人都只會看到自己想看到的

只會聽到自己想聽到的

當自己有阻塞的時候

世界照常運轉　周遭的事情依然繼續發生

太陽不會因你忘了撥鬧鐘　而停止東升西落

春夏秋冬風花雪月仍繼續他們的韻律

物以類聚是氣相投　能量體相吸

恐懼的能量體會吸引許多駭人驚聞的事情

發生通常會是禍不單行　屋漏呀偏逢連夜雨

越害怕的事情越會發生就是如此

保持順著水流的一顆心

一個片刻接著一個片刻的活在覺知中

不要讓心糾結鬱卒　多愁善感不是美德

太多的禮教人為道德都是靈性上的絆腳石

都會在身體上長瘤　讓身體不順暢

身體會說話　它是看得見的靈魂

一個阻塞的人　身體非常嚴肅

生命需要我們時時看顧　意就在此

穿越靈魂的軌跡【二】

穿越靈魂軌跡需要一份接納是與不是的認識

靈魂渴望認識自己本來的完美性

往外創造生命的百樣面貌

為了更清楚自己是誰

許多的靈魂與我們相交會一起創造生命的神奇

七情六慾百般滋味都涵蓋在靈魂體

為了體驗什麼是愛什麼是光

這次的風災就是個答案

為了看見光的本身　人生的黑暗面會存在

為了成就大善人　須有苦難者來相成就

為了成為寬恕的仁者　巧言令色的鄙人會出現

在生命環裡……這是一個神聖二分的相對世界

上下、高低、對錯、是非、正反、善惡等等

都只是視角的不同　點面線的角度須廣須高又深

只要一份覺知　慢慢修行　很快就會上軌道

生命裡所接觸的每個人都是神聖的禮物

紅豆　醉玲瓏

相思苦了紅豆　醉玲瓏

橋名九曲　情愛迂迴　難相送

淚哭和血吞　　幽憂怔忡

千山之外　萬般情愫　誰能懂

是誰掀動了情緣天空

是誰舞起了繽紛彩虹

又是誰

無端編織了綺麗瑰夢

惹人憐的迷惘　夢非夢　又似夢

想你的絕代風華　醉我心魂

依偎你的柔柔水韻　把我迷去

投懷如詩的情懷

想你多情雲霓

夢款款　正濃

紅塵夢

透過詩的靈動抒發

情感隨順詩意的流動

生命宛若一首詩

生命的多彩

紅塵夢

百般滋味的重相逢

戲碼真真假假假假真真

自己選　自編　自導　自演

如夢如幻　歷歷在眼前

醉過愛過　方知酒濃　方知情深

世間事多琢磨　老天給的精神食糧

箇中滋味人人都得嚐

美麗的監獄　美麗的錯誤

終究要成就這生命樂章

全然走過崎嶇多情

紅塵雖是夢　夢得也燦然

音樂心語

山睡得正甜　流波吹送滿天霞紅思念

陰晴圓缺斑斕了月光洗練

醒來披著一身晨霧　淡淡

……

寂寞許久的夢土一瞥

依稀駝鈴聲叮噹叮噹

這神秘故鄉

飄來音樂心語曙光

問候聲釋去夜色茫茫

藍色記憶就鑲在一葉小舟上

湖裡小紅船的善等待

盎然籬笆旁

輕盈著你遊走長空的清唱

最難忘記你氣息悠悠飄忽

指尖跳動琴鍵微妙舞步

縹緲迷幻情思點滴憂傷

綴滿風中雨中的網

掉進我夜裡夢徑心房

可記得一封有去無回的秘密

那份牽掛依然　在宇宙的軌道裡尋覓

一言一字的抒情時代已過去

就且唱一首彈一曲

畫一幅玫瑰音符的溫柔

任風中的雲朵飄送風流

風情的你

皈依了情債又為那來生註了記

夢中鑽石雷電的一眸穿透心底

換來的是記憶流水的漫天驚悸

今生來生遑論有幾生的百千繫

生生都有你的氣息讓我難忘記

春夏來來去去又是個秋冬輪替

任那花非花雨霏霏濕潤一世紀

依然敵不過風中畫滿風情的你

栽 情

身體睡著了　夢卻醒來

多少浪漫傳說　流向過去現在未來

輕喚靈歌　盡享溫柔細語的愛

你乘清風　我踏著雲彩

情人湖畔

婉麗的清歌　有我的嫋嫋裙襬

有一首詩　藏在花唇　等你來採

多美呀！

夜深寒緊　為你披衣　為你把情栽

殷盼

妳用花蕊的思念餵養風流的狂野

私語竊竊

多少悲歡浸濡燦星與醉月

苦辣酸甜　誰能解

妳精挑百合夜晚　繞杏花兩圈

細語喃睭

滿地玫瑰　愛戀三世花園

暗忖　情定是否能圓

曾幾何時　有詩有酒的黃昏

情意深深

卻難抵我思念的海濱

沒有遠古風情的熱溫

如何再聆聽緋柔琴音

海天同源

源自心靈故鄉

一個空無卻能生萬有的源頭

寧靜悄悄卻蘊涵著宇宙大爆炸的聲響

烏雲密佈的天空

宛如一片波濤洶湧的大海

深深憂鬱的烏雲密佈

遮住了心中的日月星光

記得佛坐菩提樹下七七四十九天

日夜望星空時

雲朵來來去去

一個片刻接著一個片刻

一次的夜睹明星而悟道

是真正的時刻來到

靈光乍現

佛三嘆奇哉

「奇哉！奇哉！奇哉！

一切眾生皆有佛性，

皆堪做佛，只因一時無名故，不得證耳。」

這外在的投射都是內在的起伏

若想更了解自己

周遭的一切人事物就是一面明鏡

朗朗映照出真正的自己

能放鬆也是一種靜心

有人問奧修靜心的用處在哪裡？

可以從中得到甚麼？

奧修說甚麼也沒有

既不能吃也不能喝，更不能拿來當庇護所

它看起來似乎是無用的

所有美好的、真實的，都是沒有用途的。

奧修又說：

不過你將會錯過神

因為神是沒有用途的；神不是商品，

而是一項慶祝。

如果生命中沒有任何慶祝，那會是甚麼樣的生

命呢？

那將只是個沙漠。

記憶捲軸

掀開古老的記憶捲軸

夕陽仍訴說著燦爛夜空的故事

孤舟又醉入湖間

隱沒在山盡頭

順著捲軸倒帶時間的記憶流水

又見伊人佇立守望湖邊

癡癡望那鵝兒弄情戲水

捂住眼睛

茫茫間

牛郎織女相會鵲橋上

美夢一簾又一簾出現

伊人的害羞矜持宛若在眼前

遙想日夕與妳林間漫步

聽蟬嘶鳥鳴出神啾啾

倦時小憩一葉小舟上

任夏季湖水映藍

我以溪流為枕

任流水汩汩款款流出你的呢喃傾訴

留不住這匆匆歲月

一年又一年

千變萬化的薰衣草天空早已寫下

忘憂森林詩篇一章又一章

可叱吒風雲一時

終究仍逃不出妳的蝶思蝶戀

追夢的初心

無心地撥弄　流星失足的留醉

彷彿回到昨夜深閨

月夜留下唯一的美

海是那無框的氛圍

落日油彩的心悄悄地為它上妝

一幅最遠也是最近的故鄉

海上輕波是風的思念吧

還是餘暉的腳印

且問這翩翩撐筏的漁人

多少的子夜省思

可以喚回追夢的初心

問題與答案

答案通常在問題裡

問題與答案往往只是隔壁

天與地如何比較高低？

我與妳同修　行般若波羅蜜

仙道欽羨　人間情愛甜蜜蜜

風花雪月為春夏秋冬寫日記

喜怒哀樂愛惡欲為靈性旅程賦詩意

見過影子吧！

有一天影子會對妳說：

我是妳最貼身的自己

永遠不會遺棄妳

除非一直走在暗地裡

每個人都是閃亮亮的發光體

如實照見鏡中的自己

大自然早已成道

日月星辰天上仙　綠水青山繞

就只是同步小草的輕舞斜陽笑一笑

也會讓人有意想不到的妙

喜怒哀樂不可壓　任憤怒狂風捲走沙塵暴

讓所有的情緒有適當的流通管道

一片綠色海洋的成就

總要容百川和那涓涓細流

不必刻意深山苦修

當下的生活就是最好的時候

全然地忘了自我　任生命自己去運作

寂靜海的揮灑

沉睡中的海洋　　洋溢著清澈穿透卻極溫柔的光

這柔柔的光是內心深處日月星辰的意識光

潮起潮落深深繫念著內在愛之光的喚醒

海的潮起　　月光的隨波湧動

泛起的是心靈浪潮

海的潮落　　波濤狂瀾的沉澱　　喚醒的是靈犀

的一點澄澈　　原來海的一浪一潮是思緒的浪潮

海裡有鹹　　人裡也有鹹　　月光也是鹹鹹的吧

月亮的美因人的意識而美

月亮的亮因人的意識而更亮

月亮不飲清露　　飲的卻是人的意識美

自古詩人詠月唱月舞月　　極盡所能的演啊演

傳八萬四千里　　傳過去現在未來

湧動古今多少浪潮

床前明月光　　疑是地上霜……

依稀還在心中唱

但願人長久　千里共嬋娟……

彷彿還在夢中縈繞著甘甜

我歌月徘徊　我舞影零亂……

宛如自個兒就是那零亂的徘徊

徘徊的零亂……

人人心中都有一抹明月光

月亮裡有著屬於自己的神仙

人人心中都有一地寂靜海

靜海裡有著自己的生命圓滿

寂靜海的揮灑

灑下的是千年暗室的一盞金光

彩雲之南回顧

有一種沁心　來自夜晚清涼

處暑秋老虎流轉夏日時光

熱浪滲入眉睫　早已化為鏗鏘

激盪之餘　想為妳賦詩章

將飄逸情思織入心房

癡情妳寶藍深眸　默默望向月光華

清輝為妳裝滿星星　開滿巧克力金沙

聽說彩雲之南　人人愛茶花

紅花　白花　秋冬開滿山旮旯

今日為妳輕摘　嵌上妳秀髮

伴有鳥鳴啾啾　風聲蕭蕭

還有水聲潺潺　蟬聲吓吓

能感受到嗎

我這陣陣的暖風吹刮

從心出發

風雨詩　撲簌簌　難遮擋

愛恨風雨交加　到處流淌掀浪

生死存亡　迷霧奔波遊蕩

滂沱成河　起因情緒的高漲

因在內　不在外　想改變噩夢連連

須審視起心動念

痛定思痛　發出無善無惡清淨念

世界的新秩序將重現

風雨在心裡　時冷時熱

因緣具足　踩著山頭成河

省思大自然的傾訴

一絲雨一哭訴一團迷霧

除了善後　做好水土的保護

最要探討的是　人心的不滿足

再次省視內在世界的秩序

從心出發　迷障自然解除

情網　情惘　情狂

情網　網不住情狂

情惘　惘不住天堂

走過的愛裡有悲傷

相思的愛裡有惆悵

輕誑的愛裡有浪蕩

生命無狂不成章

有誰能囂張

不要星光

不要太陽

不要月亮

無奈裡總能尋著登天的拐杖

隨著命運的樂章

響起多彩的旅航

斜倚舊詞

今夜寂寂　微寒

朦朧月色　淡入岫間

無蹤身影已逝　留下未了情緣

相思相遇藍天際　沉沉無言

嘆息也揉成一縷青煙

淡淡　淺淺

像極依戀的小船

漂泊找不到港灣

只能斜倚舊詞一闋的波瀾

薄醉融進　深深絕望的無邊

紅塵滾滾　繽紛又過百千年

冷冷深處　漆漆一片黑暗

只能引頸企盼

這條綿長難斷的線

還能與你聽小風款款

晚鐘迴盪……

晚鐘迴盪……

往事拓印的思念中

回眸的暮色

早已悄悄秋意來

山楓籟籟垂落

孤寂的箜篌

守候著河畔的佇立

待春回大地

楊柳風吹起

寂寞芬芳彎過來

期待開始與最終的相遇

且讓不悔的承諾

瀟灑走過千千路

最終潛力的甦醒

進入內在天空裡

不會碰見其他人　除了自己

所有人都進入意識的一體

單一的安靜

單一的喜樂

單一的佛性

都更加清晰

在大寧靜裡

上千朵玫瑰花開了

在大寧靜裡

上千朵蓮花的葉子打開了

最終潛力的甦醒

最大的喜悅裡

有慈悲愛的洋溢

最難橫越的相思苦

熾烈夏日漫漫夜空

瑤琴一曲薰風來吹送

阿夏女神淡雲影乘夢舟

幻遊虛空海市蜃樓

長歌輕笑蒼涼的亙古

悄然飄落甘珠玉露

灑下滿天無聲的流音星符

島上滿山的花朵凝眸

癡癡望那月光如水的溫柔

在水一方的倩影一抹

可也如我的佇立守候

瀟灑走過千千路

伊人縷縷的傾訴

猶在耳畔撲簌簌

宛如亂撞的小鹿

這最難橫越的相思苦

喜歡與不喜歡

喜歡與妳吟詩

不喜歡與妳說道理

與妳合唱淚的小雨

唱一首呀彈一曲

畫一幅玫瑰音符

繫在天空裡

任風兒飄送

吟哦吟哦

喜歡讀你的幽靜小語

不喜歡與妳談歷史說佛理

鵝兒戲波弄清影

兩小無猜裡

話天話地

悄悄

墜入

奧秘

尋跡

何來一葉的楓情彩妝

飄來滿室月光

霧般的朦朧　些些蕩漾

倏地　天邊流星一晃

徒留下淡淡綺思　吟哦詩唱

為揉縐的相思　纖就一襲夜夢凝香

我的小情人呀！

你是無心還是有意

這濃夜的夢裡　盡是你的足跡

微溫的夕陽　空蕩蕩的大地

一個長空的吻　只為尋你

竟遊走了一世紀　變奏的風總在山一角響起

無論如何的曲折迷離　總還是知道該如何棲息

哎！只能說

這一段　走得太沉寂

微笑看待　且任星空西移

悲傷的淚水

撲簌簌淚點拋

拋出凍結已久的心、僵硬成疾的痛苦

眼淚具有融解凍結冰塊的力量

哭是沒有問題的

沒有理由要為流眼淚感到羞恥

哭泣能夠幫助我們釋放心中的痛

穿越心靈之湖　橫渡意識冰山一角

流過的淚水也將匯聚成一條川流不息的河

這能夠使我們對自己溫和一點

最終能夠幫助我們治療

也能在記憶盒裡見到兩岸的風光明媚

能哭就盡情的哭　哭是很美很美的

水珠四濺　濺出歡顏奇幻的光芒

流過的淚水都可化為天堂鳥

棲息在內在殿堂裡　化為春夏秋冬

不記常恨水東流

晶燦氾濫

樹的彎身親吻湖上漪漣

蝴蝶頡頏其上呢喃

芬芳飄香你我心坎

驀然光的晶燦氾濫

為雲朵鍍彩自如放斂

為蜻蜓起落調琴又調弦

馨香滿溢林間園上池面

問它來自何方　這滿滿光的晶燦

這人間天上的自己就是答案

無塵的夢

那麼藍的天　如海那麼深

我心如那透明的紙鳶精靈

漫舞著陽光輕盈

這兒應有一座神秘的森林

每一葉片都是綠眼睛

悄悄探索流波的飄送

白天有蝴蝶的翩翩點停

晚上有劃過天邊的流星

遠處傳來的瀑布聲

應是一個無塵的夢

有著薄霧般的朦朧

洋溢著詩漾的憧憬

等待一首悸動的晨歌

月光如水溫柔　擁我入簾籠

波心激灩　掀起愁容的秋

與你黃昏戀曲　情邂逅

任悠悠雲浪　更漏守

無奈滄桑歲月　寄語星空飄泊

灑在臉上的情歌浪語　早已成了殘荷淡淡說

枕邊細語鴛鴦夢　也消失在世紀末

落得癡情守候　夜雨伴沉默

落寞寫盡了生命顏色

夢土的信守　成了流不盡的河

困惑呀困惑

何時為我唱一首悸動的晨歌

容許一世紀的相思

且笑呵呵

虛空裡的愛無盡

親愛的

請別為我的離去而哭泣

我不曾離開你　請月亮姐姐告訴你這秘密

回眸看那秋光照耀的大地

鳥鳴出神啾啾裡　風雨腳步瀟瀟裡

貼著春夏秋冬的絲絲氣息　只要想到了我

在你心跳裡就有我的足跡記憶

親愛的

哭泣不已的你

讓我走走停停不得安息

請讓我靜靜地優雅地消失在虛空裡

在你仰望星空時

我已將星星別在你的胸襟

若還念念不已

且把我的塵灰和著一把泥

種一棵樹深深植入心田裡

傾聽血脈裡有一首為你彈奏的小夜曲

跌宕夢土

西風吹去的那片雲彩

明年的今日是否再回來

這中間好似少了一段流水

是誰

將星月下露珠的微光帶走

連一顆閃亮的希望也不留

……流星劃過之後

獨坐黃昏山後頭

是否

有我們一起賞花的時候

盈盈秋水　兼葭白露

這千年的傳唱無數

一世紀的雨露吹拂

能否再凝望這詩意的每一步步

淺斟低吟　跌宕你夢土

又相逢手牽手　漫步湖濱路

雲海同源

雲海的彩繪有無盡的遐思

雲波如海

海浪如雲

雲海同源

幻化不同色彩

只因思念的一緣牽

雲的撲簌簌淚點拋

拋下的是鹹鹹血親淚

有太多的情

說上百千年也說不盡

這古今雲

傾聽

風悄然失了蹤影

滿天熠熠繁星也無聲

靜靜映在波浪裡

成了瞬間即逝的流螢

今夜月兒彎彎

彎鉤裡有你的傾聽

曾跌宕我夢中的魂

照亮了我此生的朦朧

如今可也拈起思念的燈

即便是如一縷輕煙的身影

僅僅撫慰傷痛表層

也能讓我驚喜到天明

傾聽內心的聲音

傾聽內心的聲音須一份覺知

念念都是一個境

念去念來隨他去

不刻意批判不添加任何的分析

就只是看　只是傾聽

單獨的工夫是需要的

就只是靜靜的

等待事情的自行發生

我們的不動

草木自行生長

周遭的事情仍在進行

但確實有個寧靜的聲音來自內在的核心深處

沒有任何的衝突與爭執

這聲音讓人想沉浸

外在的一切音聲都成了佛音

傾聽身體的聲音

身體是思想的容器

甚麼樣的思想就有甚麼樣的身體

讀一個人的身體等於讀一個人的思想

身體是看得見的靈魂

看一個人的身體可以看出靈魂的軌跡

好的思想帶來好的細胞傾聽身體的聲音

禮敬這家廟　進入神聖殿堂

直覺力這份靈性光輝　來自放鬆的身體

緊繃的身體會是一道障礙　控制情緒的反應

等同控制身體的韻律　疏導流暢是最確切之道

內心靈敏的覺知須有意喚醒

身體有了疼痛　須聆聽

不宜強用意志力切斷這訊息

身體是一本深奧的書

無法用長篇大論的知識詮釋它

它最無法承受的是主人的不信任

它需要的是主人的傾聽

傷人一定先傷己

真愛裡沒有批判與分析

一有傷人一定先傷己

將生命定義在愛裡

生命就會如實見到愛是甚麼東西

愛裡有甜言蜜語的痛徹心扉

愛裡有慈悲喜捨的見到每個人都是獨立個體

每個靈魂都是每個靈魂的唯一

禮敬所有靈魂的前來演戲

看過小靈魂與太陽的秘密嗎

對生命的下定義有多大的威力呀

可擎天可撼地

注意呀注意！

這對生命下定義的人是誰

命定豈可視同兒戲

成了個性或某某測驗的奴隸

靜觀它的來來去去　去去來來

看它如何過去現在與未來

從中看見真正的自己

有多少次成了頭腦的奴隸

這真真是生命的大課題

傻孩子

哭了許久與你漫舞酬酢

放飛浪蕩天空情意多

斷了翅膀的蝴蝶　好似斷了羽翼的天使

任憑花落水面　一場雨過

伊人的前來　歌聲一句　暖了心窩

伊人的離去　淚流漣漣　憂傷　一抹

……頭腦的自我　是那麼的渺小

冰山裡的深　是那麼的縹緲

飛絮片片可憐我的煙雨渺渺

直上銀河喚來天使甘露一瓢

傻孩子！　人的名字

一層又一層　痛了再痛

且任輕風吹入煙波浩渺中

漣漪的驚動誰能懂

意識宛如一朵千瓣蓮花

聽說蓮花綻放時會發出令人喜悅不已的清音

為此曾於清晨步至荷花池邊諦聽

只因當時仍心懷期待心思

也多並沒聽見這天堂之音

多年後，

常佇足清蓮池畔見魚兒戲於漣漪間

在無念望那一池的倒影之時

朵荷聽著鳥兒啾啾出神之際

一陣清涼意伴著淙淙流水聲消融於空無裡

這時有著航向無盡旅程的廣而無邊

意識的綻放當下有如一朵千瓣蓮花

那種美妙清音曾在夢中聽見

人間的音樂真的無法比擬

如同夢中的百花大如車輪舞著神性美妙般……

常想著蓮花或許還有一點醉留塵寰

要不然早就回到虛空裡

自己常不自覺掉淚或許也是還留有一些醉在人間吧！

有一則與蓮花有關的故事～

相傳荷花是王母娘娘身邊的一個美貌侍女─

─玉姬的化身。

當初玉姬看見人間雙雙對對，男耕女織，

十分羨慕。

因此，

動了凡心，偷偷跑出天宮，來到杭州的西子湖畔。

西湖秀麗的風光更使玉姬流連忘返，

忘情地在湖中嬉戲，

到天亮也捨不得離開，

王母娘娘知道後用蓮花寶座把玉姬

打入湖中，並讓她「打入淤泥，永世不得再登南天」。

從此，

天宮中少了一位美貌的侍女，

而人間多了一種冰清純淨意象的鮮花。

田田碧葉	喜翻風	亮亮珠兒	偎花榮
一池濁黑	棄流轉	亭亭朵荷	映蒼穹
瓣如凝光	盼韻雅	醉笑癡傻	與天同
參差和諧	無言語	舒卷有致	禪意濃
微微含蓄	迎夏陽	款款蜂蝶	悅相逢
凝望蒼天	默默禱	隨風飄舉	靈犀通
消融空無	意識裡	航向無盡	遍虛空

想你的渡口

乘夢舟　浪蕩想你的渡口

斜暉漠漠　星子寥落

銀河的靜謐　擁抱著萬古晨曦的傳說

穹蒼下　任夜色淹沒

一抹孤獨的我

與悠悠宇宙獨酌

敬邀彎月　垂釣你的蹤影

相思紅豆　醉玲瓏

楓紅情思　難燙平

蒼老許諾　已忘情

這成蔭的摺疊心情

寂然也罷　你的遺落身影

且靜靜睡去　讓久遠的年代來聽

愛成愁

闌干淚濕斷腸時　　心輪隱痛鎖千秋

前生今世有來由　　愛到深處濃成愁

夢中縹緲相廝守　　一縷相思成不朽

月吟潮詠頻呼喚　　冥冥清音耳畔走

待至空靈見源頭　　夜空星辰如永晝

靈魂把戲隨意弄　　靜水深流還依舊

愛從不會離去

你的真心讓我的淚流不止

我的身體是個真心感應器

傾聽身體的語言是我的秘密

當愛來時就要好好去愛

愛從不會離去

愛得死去活來不枉一生

信仰真愛的靈魂終會得到真 愛

但卡在情關裡只會讓愛人更易遠離

往內心深處探索是須學習的課題

無法急進

沒有任何的方法

唯有靜心

靜心裡有愛的智慧

溫柔漣漪

銀河外的一顆星

凝眸詩羽翩翩的Willing

倒映海水亮燦燦裡

盡是妳的溫柔漣漪

岩石也沒有妳的癡情

星星學不會你的眨眼睛

綿綿情話迴盪雲層演妙音

任海風也吹不去妳的刻骨銘心

秋水泱泱　雲海蕩蕩

紫荊樹的依戀拴住妳

給一季的希望　穿銀河

迴向夢中的彩虹彎彎

捧住妳的容顏

喜歡見那羞紅的臉

詩人的美

纖柔細膩的詩人　寫出來的詩意總是變化萬千
詩人的美　美在他的不忍不捨卻又忍不住不變
一片枯葉的掉落都能讓他驚喜　讓淚掉了下來
讚嘆生命的消失　竟可如此的優雅飲存在芬芳
這般的消失　就像晨曦的露珠兒掉落蓮花池塘
不留下住址與足跡　只是靜靜地滑入意識海洋

詩妳情意

刮風飛舞兮我摟妳渡溪

以文會友兮不能沒有妳

相思難寫兮淚珠盡了意

今夜無月兮我守候佇立

等不到妳兮念念常相憶

意識相似兮菩提薩埵繫

吟詩盡情兮玫瑰蓮花意

擁你入夢兮鑽進被窩裡

遇見了愛

來到神的樹下　與虛空相應　與萬物和鳴

聆聽這輕柔的聲音～我把我的夢留給你們～

「當我走了以後，我能去哪裡？……

我將會在風中、在雨中，你將在寧靜的片刻
感覺到我，有一千零一種方式可以感覺到我，如
果你有信任和愛的話，就能在你的心跳裡找到
我，……不用特別去找我，我的意識是宇宙性
的。」～Osho～

這聲音這片寧靜是受到祝福的

有一份深深地滿足

滿足的不是得到了什麼

滿足的是喝到了神祕之泉、神祕汁液

就好像一支箭　一次鑽石雷電

穿透了生命核心

進入這神秘魔術圈裡　把這神秘喝個夠

很深地連結根源處的神　祂的呼喚聲不斷

永遠呼喚著我回家休息再出發

寧靜地臥躺在祂的懷裡

有這麼一刻的瞥見

當愛向我敞開臂膀　我看見了感激

每個愛我的人帶我重新愛自己

讓我變成一個什麼都不知道的人

變成一陣風

一首歡唱的歌

變成淨藍天空中的一抹雲彩

一臉清清亮亮的天真笑容

回到了純粹、沒有概念、只有無限的可能

這時

遇見了

愛！

夢土的呼喚

流星雨徘徊夜的長空

這是我不曾刻意的等待

流浪荒野的心也太久了吧

你說夢土在哪兒　或許

流星的閃過天際知道

一份對生命的渴望

渴望有個瞬間的碰撞

迸出片刻的亮光

瞧！　那鳥飛的優雅　多夢幻

攜帶著來自夢土的芬芳

伴隨點點的相思記憶

彷彿是心靈故鄉滿滿的祝福

再瞧！　你說破碎的心　片片不完整

如那墜滿地的星光　一閃而逝

可這椎心的夢幻　曾幾何時

守護伴著咱們多少歲月的悠長

夢中夢

夢中夢的一瞥

我睡著了　夢卻醒過來？

燦爛星空裡　翩飛再翩飛

漾漾荷塘裡　田田蓮葉都有影子的你

一念相思扣　乾坤夢宇宙古今大挪移

急馳來回穿梭黑洞白洞百千億

又見你那凝望我影婆娑追隨的孤星淚

輕拂我髮梢

依戀我背的纖柔癡迷

恍惚裡

時空錯置又過了一世紀

倉皇過去現在未來

又是一抹幽冷光輝映照你的玉樹翩翩

伴著流星雨

萬萬精靈數不盡的疾飛

轉瞬間

我柔弱倩影伸出左手撫你右襟的當時

你又忽幻成宇宙萬能的神

身體放得好大好大

大如虛空的須彌

將我柔柔圍入心坎裡

春風魅影　鶯聲忽啼新

窗外又微雨　潤濕了夢裡人

滿天燕兒呢喃一曲

翩飛再翩飛

夢無邪

穿越夢中無邪的時間

來到一條相思河水畔

河上星光兩三點

古老醉月　依稀近近遠遠

不知那一世的曾經相約　遙遙呼喚

喜歡你的指間飄逸輕彈

也喜歡讓你的手挽過我臂間

總是有一股暖流　緩緩盪入心灣

只是一個夢　竟能把萬情牽

翻騰出一千零一個三世夢　亮亮閃閃

似懂非懂　鋪出百千紅地毯

一一鋪向雲彩藍天邊

一幅融入生命永恆的光環

夢魘的山河

你又惹我哭　殘骸掛樹枝！

血肉的魂魄　模糊了我多時

夢魘攪動了我多少夜晚

獨留空闊的死寂　撩撥惆悵的海面

雖然晚霞依稀　靜靜在天邊

神鬼暗暗哭泣　沒有生氣

是人自暴自棄　多少人失業　無處可棲

三餐沒飯吃　實在活不下去

悲慟感於天心　大自然應念　狂風驟雨生起

日夜號哭　多少人與天同歸盡　結束了性命

留下哀鴻遍野一片　心慟！

想喚醒再度活下去的勇氣

唯有好好審視生命　多少人不知珍惜呀

這美麗寶島正呼喊著　惜福感恩

別再自我囚禁

對生命說是

綠精靈翔翼翩翩

洋溢山青碧水澗

相映成趣成詩篇

處處綠意盎然生機

是心輪圓圓綠滿溢

紅橙黃綠藍靛紫彩虹體

是你我生命之謎

愛洋溢　真愛在一起

敞開心胸　對生命說是

可能性的未來

處處都是天機

滿月掛寒天

一滴雨珠　欲滴未滴地掛在冷漠樹枝上

我聽見了

韻致裡蘊含了大海的嘯聲

還有滿月的沸騰

遼闊無際的天空

如何著墨這深層意識的相通呀

月的陰晴圓缺　關係著潮汐的音節

人與大海同源　血脈裡都有相同的鹹鹹

月瘦月圓　上弦又下弦

人的思緒漲落 與月是如此的亙古情牽

想過嗎

月亮是以人的意識為食物

古今多少騷客　著墨於月的曲譜

滿月掛寒天　只一箭秋風撲簌簌

竟也可以問訊千家九壺

與你漫步

讓我跟上凌波微步的遐想

先為你畫眉　綴上星星夢月亮

瓢向天際　白雲朵朵鑲穹蒼

來！

把手心給我　咱們坐上熱氣球

隨風隨雲　帶著感動的沸騰出遊

……游離浪漫的古老國度

星宿名叫做般若波羅蜜多阿皮皮布布

那兒的樹木天上栽　有一飛沖天的瀑布

雲朵都長了腳　石頭還會漫漫天空飄浮

別怕！驚奇還在後頭

有尖嘴藍鳥為咱們引路

聽過倒垂的紫荊樹

它的柔情淚珠──化成了相思樹

舞出自己的神韻

舞八萬四千法　舞梵天　舞有想天　舞非非想天

舞眼耳鼻舌身中的意念紛飛

舞色聲香味觸法的五蘊皆非　旋呀旋　飛呀飛

任思緒舞法舞天　舞入二十八天又三十三天

漫遊自如　融天地一起醉　醉呀醉

看那霜秋的醉　舞蕭颯的一地狂風掃落葉

看那暑夏的醉　舞熱浪一波又一波的前浪醉在沙灘上

看那綠春的醉　舞驚蟄的來一個大地一聲雷

看那寒冬的醉　舞凜冽的花非花卻是冰花雪

還有那朝暮彩霞爛漫天真的醉

舞出一片彩虹天的瑰麗狂野

舞～舞～舞～

任意識展翅亂飛狂舞

舞出芬芳的喜悅　繡出定靜海中的小小宇宙

能醉入風中旋律　能愛上雨中詩意

終能舞出旋轉蘇菲的神韻

踉蹌相思河水

南極星空下的閃亮

總是有讀不透的漾漾風光

夜色洶湧的海浪　依然迷情紫漾　拍岸高昂

記得那是一段很長的艱辛

你總是隨著海潮的聲音

浪蕩一步一拜朝山雲

一心求道竟成了熱衷沉浸　好幾年

我一直在傾聽你回來的驚喜

卻一路踉蹌相思河水　等你成癡空回憶

風雨自遠古吹送前來　試探我的誠意和能耐

如今死寂澎湃　風聲雨聲仍飛馳奔來

呼嘯成秋意　依舊悽悽

拾起一片殘月　偏僻處

任夜風吹拂秋天橄欖樹

或許已無路

醉臥一葉舟是歸宿

蝶入夢

夢正濃...

雲！　請停留

蝶兒翩翩入我夢裡　是何來由

竟把玫瑰的藏詩拈走

害沉醉的人兒找了好久

瞧著瞧著　看著她墜入花間浪漫

輕舞華爾滋的醉玲瓏

飄逸霧花裡　搖擺　款款

一個轉身　悄然不相見

無端亂點停　種了多少相思幼苗

惹來愁苦絮絮落黃昏　繆思又縈繞

快快還我一個朗朗乾坤照

看誰笑得最好又最妙

擁抱宇宙的溫柔

來回穿梭飛躍羚羊的字裡行間

一抹溫婉斜陽的詩篇

擁抱著宇宙的溫柔

眼淚也同步沉默掉下釋放的淚水

彷彿出神地跳起舞來

那感覺好似　朝霞初吻著山頭

湖裡的漣漪又盪起

有著同步日月天的深入存在

原來彼岸的神祕故鄉一直護著我們浪跡天涯

也一直傳來該回家的呼喚聲

我們都是同一家人

禪卡上有一張是　四海一家手牽手心連心

手與心同屬心輪　心輪一開愛滿溢

每一步留下的是優雅喜悅與光彩！

萬物也因愛而呈現一片祥和

擁抱宇宙的溫柔

詠月

許多的沉思想妳

想妳為朗朗天空　一擲

擲出一線眉　一銀勾　一圓盤

大珠小珠　彎一彎

一列列　亮閃閃

許多的風景想妳

春寒似翦　翦出一彎新月

薰風吹送　只想與妳有約

秋意濃濃　濃不過妳的多情皎潔

冬雪的嘆息　可望有妳　融解

很多的有情想妳

山為妳飄動雲海

水為妳倒掛懸崖

奇松為妳
舞出千姿百態

很多筆想妳
想妳柔紗輕籠
想妳蓮步輕盈
想妳朦朧潔淨
想妳倒映多情

靜水流深

驚悸詩人的眷戀癡情千萬千
火紅楓情的變臉變天正上演
只為了與伊人三生的一緣牽
離枝飄落竟成了不變中的變
沒有分離何來相思反側輾轉
飄飄舞了一季秋的瀟瀟容顏
一世紀過了一世紀歲歲年年
儘管那楓情物語滿谷滿山澗
星辰夜空雖月朗朗雲河淡淡
可靜水流深的芬芳早已暗傳

國家圖書館出版品預行編目資料

愛的迴響／霏霏 初版-
臺北市：蘭臺出版社 2010.9
15*21公分 含參考書目
ISBN：978-986-6231-10-0（平裝）
851.486　　　　　　　　　99016664

心靈勵志 7

愛的迴響

著　　　者：霏霏 著

執行主編：張加君

執行美編：康美珠

封面設計：J .S.

出 版 者：蘭臺出版社

發 行 者：博客思出版社

地　　　址：臺北市中正區開封街1段20號4樓

電　　　話：(02)2331-1675　傳真：(02)2382-6225

劃撥帳號：18995335　　　戶名：蘭臺出版社

網路書店：http://store.pchome.com.tw/yesbooks/

　　　　　博客來網路書店、華文網路書店、三民書局

E－ma i l：books5w@gmail.com 或 lt5w.lu@msa.hinet.net

總 經 銷：成信文化事業股份有限公司

香港總代理：香港聯合零售有限公司

地　　　址：香港新界大蒲汀麗路36號中華商務印書館大樓

電　　　話：(852)2150-2100　傳真：(852)2356-0735

出版日期：2010年9月初版

定　　　價：新台幣 350 元

ISBN：978-986-6231-10-0